今晚有糖吃吗

温 酒 · 赤道少女 · 姚一十等 著

长江出版传媒 | 长江文艺出版社

北京长江新世纪文化传媒有限公司
www.cjxinshiji.com
出品

每个人都有一个习惯，我的习惯是无时无刻不在想念着你。

目 录

神助攻　文＼赤道少女

1

"哇！好 cute！"这已经是今天第八次试图睡觉被陌生女人尖细的声音吵醒了。小黑郁闷地刚一睁眼，就被一股蛮横的力量抱到怀中，紧接着就是一声又一声最熟悉的相机快门声。

小黑极力挣脱，却被女人死死箍住。只好疯狂摆着脑袋抗拒，这年头女人为了一张做作的自拍，真的没有什么事是做不出来的！小黑气得躲到柜子底下，疯狂而用力地舔自己，试图把每一丝人类的味道都从自己身上抹去。

好委屈。身为一个重度洁癖者，却每天都要被不同的人摸来摸去甚至亲吻。

没错，小黑是只猫，英国短毛。还是只寄人篱下被用于咖啡厅招揽顾客的猫。

它还有个同事，名叫大壮，是只橘色波斯猫。

"你说现在的女孩子，一个个看着挺娇弱的，撸起猫来倒真是猛。唉，世风日下。"小黑叹气。

"又被妹子强行非礼了？"角落里的大壮斜斜地投来一丝目光。

"是啊，这日子过得忒憋屈。身为一个打工猫仔，就要天天忍受各种奇葩客户吗？想辞职了。世界这么大，本喵想出去看看。"

"没办法，咱们是乙方。完不成KPI大家都要死翘翘。我这种正统学院派的行情都不如你那傲娇野路子来得好，不就是颜值比你差了一丢丢吗？嗨呀好气呀。也想被漂亮小姐姐抱在怀里摸来摸去，喵……"

"能不能有点节操？怎么可以跪舔人类？知道猫最不能失去的东西是什么吗？"

"食物？"

"错，是高冷！猫没有了高冷，无异于失去了灵魂。"

"既然这样，那你把今天那个女客人给你买的皇家猫粮给我试试。"

"溜了溜了。"

2

闷热而安静的中午，店里没客人。

咖啡店老板伏在桌子上小憩，大壮早已窝在角落睡得四仰八叉。

某个鬼鬼祟祟的身影突然睁开了眼，它知道，它等待已久的机会终于来了。

"小爷我今天就要裸辞，去远方！做一只高贵的流浪喵！"

小黑一边环视四周一边轻轻挪到门口，用尽全身的力气开始顶门。玻璃门的边框是铁质的，如磐石般纹丝不动。梦想已经近在咫尺，又将化为泡影了吗？忽然，一股神秘的力量附身，门居然被推开了一条缝。真是老天有眼！

谁知刚探出半个身子，那股神力消失，而自己瞬间就被弹回来的门完美压制。被卡在门缝之间的小黑觉得自己快要窒息了。

这时头顶传来一个女孩爽朗的笑声。

"老板，我看你家的猫，好像想越狱。"

话音刚落，小黑就被整个提起来。脑袋被重重削了好几下。

痛得它嗷的一声又躲到柜子底下去了。

"再敢作，这星期的小鱼干全部取消。"老板冲着小黑的方向淡定地来了一句。小黑连着"喵"了几声表示强烈抗议。老板选择无视。

"对了美女，第一次来吗？喝点什么？"

"嗯，冰美式。"

"好的，请稍等。"

说完女孩找了个靠窗的位子坐下。

春天的下午总是说变就变，忽然间一记闷雷，天色整个暗淡下来，倾盆大雨紧接而至。

小黑听到雨声从柜子底下探出头——它很喜欢雨，并且身为一只高逼格的文艺喵，要赏雨，就必须要在最好的地方。而此时店里最好的地方，恰好就坐着那个新来的女孩。

可是老板爸爸曾经严厉地教导过两只，绝对不能调皮打扰客人，除非是客人先撩。

小黑忍不住推醒大壮："大壮，今天来了新客户。有望发展成长期哟！"

大壮纹丝不动。

小黑又大声说："有新的漂亮小姐姐来啦！"

大壮一个漂亮的翻身开始左顾右盼："快，告诉我，小姐姐在哪儿？"

"窗边那个？她一直在专心看雨，独自一人，还不说话。这个客户感觉很难搞。"

"那咋办？！我他喵的好想去看雨啊，不然一会儿就停啦！"小黑急了。

"从科学的吸引力法则角度讲，想要迅速拉近彼此的关系，就要让对方与你产生某种共鸣。"

"扯淡，人和猫哪来的共鸣。"

"嘘，有颜值没智商的货就少废话了。学着我做就行了。"

于是女孩的桌上不知何时来了两只猫，排排站，学着她的样子，歪着头，看着窗外，一动不动，一言不发。

整个世界突然变得极其安静，静得仿佛只能听见那清晰的雨声滴答。

站在咖啡机后默默看着这一幕的老板嘴角微微上扬，别说，这要是拍下来，得微博万转吧？

3

慢慢地，女孩就成了店里的常客。

咖啡馆开在小区楼下，老板爸爸住楼上，晚上会带小黑和大壮一起回家。

寻常而无趣的生活里，八卦才是唯一的消遣。小黑和大壮开始有一搭没一搭地闲聊。

"她长得真的很好看啊。应该是这么久以来见过最好看的客人啦。"

"哎，你说，如果人类也按猫的品种来划分的话，你觉得她是什么啊？"

"还用说吗？当然是布偶啦！"

"不不，我觉得是苏格兰折耳。"

而同时，老板也在和女孩有一搭没一搭地闲聊。

"那天怎么会来？朋友介绍？"

"其实不是。那天我刚搬完家过来，路过你家店的时候看到一只黑猫在狂扒门，样子好蠢，就忍不住走过去想帮它拉开看看它想干吗。结果真没想到你这玻璃门这么沉，然后手一滑门就弹回去了，它就被卡住了，哈哈。"

"喂，你才蠢！大壮，难道长得好看就可以随便骂人了吗？"偷听者小黑忍不住吐槽道。

"小姐姐说得对啊，你是很蠢啊。"

听完大壮的回话，小黑迅速扑过去和它扭打在一起……

听完女孩的话，老板瞬间发出自信的笑声："哈哈，那咱俩还真是有缘啊！今天的咖啡就当我请了。"

"不用不用，你们这儿平时生意感觉挺一般，今天我约了人，改天再来啊！"说完扔下三十块在桌上就走了。

场面一度陷入了尴尬……

正在打斗的两只也停了下来。

小黑："我们的老板爸爸，泡姐的方式真老套啊……"

大壮："唔……小姐姐说话太直白，扎心了。"

4

有洁癖的小黑最近可能赶上了水逆，最爱干净的它居然不知道在哪儿染上了细菌，两只眼睛肿得成了一条缝了，猫泪狂流不止。小黑遭到了大壮的无情嘲笑，结果隔天，大壮也被传染了。小黑仰天长笑说这就叫现世报。

这下可忙坏了老板爸爸，平日里不但要招呼客人，亲自做咖啡，端盘子洗杯子，还要做两只的铲屎官，这下还要加上一项——定时给两只上药。

女孩过来的时候恰巧看到，问需不需要帮忙，老板想了想说："那你帮我把猫抱着，抓着别让它们动，我来负责上药。"

这一次过后，女孩和老板才算真正熟络起来。每次来都喝冰美式，还跟老板请教了许多养猫的知识，买了许多猫粮和新玩具给两只。

小黑和大壮分别窝在两个人身上，听着他们有说有笑，又默默开始了喵的八卦。

"喂，你说，他们俩有没有戏啊？"小黑问。

"他俩有没有戏不重要，可是我好想求包养。哥儿俩以前吃的都是屎啊，她每次投喂，都好吃到我想跪下喊她一声妈！"

"真的，她身上的香水味也很高级！衬我，她可以说是我第一个不讨厌接触的人类了。人家又有钱人又'奈斯'长得还好看，我们爸爸感觉有点配不上人家啊……"

"小黑，为了咱们俩将来的优渥的生活……我们还是帮帮爸爸吧。"

"怎么帮，爸爸毕竟听不懂喵语啊！"

　　"我们得搞点事情。"

　　"怎么搞？"

　　一个月黑风高的夜晚，女孩正要往家走，路过楼下咖啡馆时，两腿一左一右，被两只猫给抱住了。老板爸爸立刻跑过来抱歉地说："真不好意思啊！这两只给我惯得越来越不像话了。"说完就作势要打。女孩说："那个……真不是你指使它俩这样的吗？这套路……"老板说："啊？它们怎么可能被我指使！我发誓，其实它们才是我的主子！绝对没有要套路你的意思。"女孩笑了，说："其实刚刚我本想说的是，这套路，还真挺让人拒绝不了的……"

　　"那这两只既然这么喜欢我，我也有兴趣养它们几天试试，我今天就带它们回家好不好呀？"

　　"好好好，我晚一点收了店送一些它们要用的东西过去。"

　　而这一养，就养了半个月。

　　其间老板爸爸多次试图接回家，两小只都抵死不从，有一次手上甚至被挠出好几道红印子。

　　越来越没有存在感，每次来都仿佛一个不速之客打扰了人家三口幸福生活的老板终于忍不住咆哮了："我是你们的爸爸啊！怎么可以这样对我！"

　　"最近咖啡店生意爆差，感觉都快倒闭了，爸爸要是连你们都没了，就真的一无所有了！"

　　"呃……别这样啦。"女孩安慰地拍拍老板的背，"真不是我不想把两只还你啊，你也看到啦，它俩一看到你来就躲到柜子顶上去了。"

“哼，负心猫，怕是要上天了！”

“那你要是有其他需要帮忙的地方，尽管开口……我要是能帮得上的一定帮你。”

老板突然低下头，整个人都扭捏了起来：

“那个……不知道，你有没有兴趣，饲养一个二十几岁的成年男子……”

“会铲屎会做咖啡的那种。”

“啾……究竟是谁要上天啊？”——来自倒地不起的两小只。

24 小时海盗　文/温酒

1

我的祖父是一名勋爵，海员出身。他自小就对大海充满了向往，梦想是做一名海军将军。

但家道中落，祖父没有学习的机会，不得不为了生计去做普通的水手。即便如此，他也每日学习着指挥的艺术。

他从水手干到了水手长，又晋升为大副。五十岁那年，他和他的弟弟合伙买下了属于自己的第一艘船。

但天意总是弄人。

2

船长的手腕被绳索缠得死死的。

几小时前，他还沉浸在获得自己第一艘船的喜悦之中，几小时后，他却被海盗活捉。船长从未想过，在距离港口这么近的地方，在这条号称王国最安全的航道上，自己的船竟遭到了劫掠。

那个黑胡子头目嬉笑着一脚踢在他的膝盖窝上，促使他跪下。

"你比之前抓的那些人有骨气多了。"他道，"我再重复一次，亲我的脚面，我就放你离开。"

船长死死盯着他，眼神中尽是嘲讽和不屑。

黑胡子微笑了一会儿，表情冷了下来。

"炸了他的船。"

一声巨响后，那艘虽然不甚漂亮，但代表着船长几十年心血的船，缓缓沉下。

船长目眦欲裂，挣扎几次，却被牢牢控制着。黑胡子抓着船长的头发，狠狠扇了几个耳光，才使其安静下来。

"我有一种毒药，是王国首都最新的成果。只要喝下去，一天之后就会全身奇痒，直到你自杀。"黑胡子冷声道，"我再给你最后一次机会。"

船长一口痰吐在了黑胡子脸上，冷笑道："去你妈的。"

黑胡子深吸口气，拿出手帕擦掉脸上的痰，残忍地笑笑。他站起身来吩咐人将药剂灌入船长口中后，挥了挥手，转身离开。

伴随着落水的声音，活着的船员纷纷被扔下了海。

3

船长得知自己所中的毒没有解除的办法后，仿佛一瞬间便老了十岁。

大副印象中的哥哥，从没有过如此沮丧的时候。自十六岁第一次出海起，他受过无数苦难，却从未被击垮。但此时的船长，双目无神，仿佛失了灵魂。

　　大副随着他去了酒馆，看着他一杯接着一杯朗姆酒下肚，不知如何安慰。

　　酒馆里有很多熟悉的老面孔，都是行商的船长。今天也不知为何，都未出海，而是三三两两聚在一起酗酒。

　　大概喝到第七瓶酒时，船长站了起来，晃晃悠悠去了邻桌，一瓶子摔在桌面。

　　陶片飞起，划伤了桌边酗酒的人。那人站起，一把揪住船长的衣领，恶狠狠道："你找死！"

　　"你现在心里一定很憋屈吧？"船长笑嘻嘻道，"有没有兴趣干掉那群海盗？"

　　那人愣住："你怎么知道……""有没有？"船长的表情变得严肃。

　　那人纠结了一番，咬着牙点了点头。

　　"我知道你们都听到我说的话了。"船长抬高了嗓音，对酒吧里所有人放声怒吼。

　　"有没有？！"

　　一个又一个人站了起来，他们把酒瓶狠狠砸在地上，用这种方式回应着船长的号召。

　　接着，酒馆中的这些人，做了他们一生中最疯狂的一件事。

　　袭击军舰。

　　海军士兵被捆在柱子上，看着那些他们熟悉到完全不设防的"守法公民"抢了他们的船，激奋地向着远方驶去。

4

　　逆戟鲸号追了数小时，终于在一处海湾附近发现了慢慢悠悠前行的海盗舰队。

似乎是天助一般，海雾遮挡了逆戟鲸号的轮廓，舰队中最后的那艘海盗船发现它时，距离已经不足百米。

海盗船上的瞭望员大吃一惊，急忙将号角吹响，用以示警。但即便如此，海盗船上的海盗们也完全没把这件事放在心上。对他们来说，这种事情见得太多了，单艘的小船，直接击沉就好了。

"开炮。"海盗船上的小头目懒懒散散地说道。

零零散散的几声炮响后，逆戟鲸号成功将其躲开，又贴近了数十米。

这下，海盗船上的小头目才终于感觉出不对。他把单筒望远镜拉长，死死盯着不断迫近的逆戟鲸号，变了声调。

"装弹手！"他放下望远镜，声音中充满了急切，"快装弹，击沉后面那艘该死的船！"

船长立在船头，也同时放下了望远镜。

他脸上出现了久违的笑意。

"他们怕了！"船长扬声道，语气充满了自信，"让这帮该死的海盗见识见识咱们的厉害！"

"起帆，全速前进！"他怒吼，"左转舵！"

"天哪……"大副喃喃道，"你疯了……"

两面纵帆升起，划桨手呼喝着推动长桨。逆戟鲸号如一把长刀斩开海面，在上面留下一道触目惊心的伤口。浪花飞溅，波澜冲击，死神穿过迷雾，露出了他的狰狞相貌。

船长站立在船头，看着越来越近的海盗船，用压过风浪的声音吼道："全体人员，准备撞击！"

长桨收回，所有的船员都抱紧了周围固定着的物体，稳住身体。逆戟鲸号凭借着前冲的惯性乘风破浪，金色的撞角仿佛在黑暗中闪过一道光芒。

轰！

船上不乏出海数十年的海员，他们经历过海战、经历过风雨，却从未想到有一天，自己会乘着船，以如此粗暴的方式径直撞向海盗。

撞角刺穿了海盗船的船侧，似一只突入羊群的猛虎，将海盗船撕成了两半。

猛烈的撞击中，船长端起了燧发枪，侧身，装药，上膛，瞄准，扣动扳机。

枪火璀璨，一颗铅珠在硝烟的掩护中爆射而出，击碎一朵朵拦截的浪花！

海盗船的船长刚抽出佩剑，还未来得及甩出钩锁，便被子弹击碎心脏。而此时，逆戟鲸号已经彻底将他的船碾碎，压了过去。

"一。"船长声音低沉，却在无数杂音中清晰地传入每个人的耳中。

逆戟鲸号经此一撞，已经彻底突进海盗的船队之中。船长的帽子在刚刚的撞击中跌进海里，此时的他一头灰白卷发披散，于海风中挥舞，吸引了所有海盗的目光。

所有人都没反应过来时，船长再次开口："划桨手，全速前进，装弹手……换装铰链弹。"

他眯起了双眼。

"开炮！"

船只猛地一顿。十余声闷响后，阵阵浓黑色硝烟从船侧的炮筒中涌出。空气中响起了刺耳的啸声，炮弹飞出，两枚铁球因向心力向外扩张，将连接它们的铁链绷得紧直。

木屑横飞，紧挨着逆戟鲸号的两艘海盗船，在一瞬间便被折断了几根桅杆，速度猛地降了下来。

"换实心弹。"船长道，"右转舵，击沉它。"

主炮轰击，炮弹冲刺而出，在一片惊呼中炸碎了海盗船的船首像。逆戟鲸号仿佛一名拎着重剑的铁甲骑士，横冲直撞，无所畏惧。

整片海域仿佛都是逆戟鲸号的主场，海盗船一艘接着一艘沉没。

船长看着眼前的船只燃烧冒出的烟火、落入海中哭喊的海盗，眼神变得越来越坚定。他眼中透出了前所未有的光芒，一股强烈的气势自他身上向外蔓延，感染了每个船员。

大副曾在哥哥买下那完全属于自己的船时，感受到过类似的气势，但那远没有现在这般强烈。

炮火轰鸣，涛声震彻天际。短短十余分钟的时间，除了旗舰，海盗的整支船队竟是全军覆没。

"所有水手注意，我们要开始打接舷战了。"船长说着，抽出了腰间的佩剑。

他目光灼灼，紧盯着海盗旗舰，把佩剑扬起，指向天空："上百年来，我们老实做事，遵守规矩，每日每夜耗费着心血，经营着自己那微薄的生意。"

说到一半，他的声音突然抬高："但总有些该死的老鼠到咱们手中偷东西！"

"他们和海军勾结，干着蝇营狗苟的勾当。而我们没有武器，空有不屈，却不止一次地束手就擒。"船长语气冰冷，"他们吸着我们的血，啖着我们的肉，最终还要拆下我们的骨，雕成刀柄，用来杀死我们下一个同僚。"

"今天……就让他们知道一下，谁才是这片海域真正的主人。"

船长把剑狠狠挥下。

"干掉他们！"

所有人应和着吼出声来："干掉他们！"

接着，逆戟鲸号靠上了海盗旗舰的船舷。

无数钩索甩出，一部分船员呼喊着拔刀，拽着绳索冲上前去。另一部分则在甲板上站定，给火绳枪填上火药。

船长甩脱了衣服，赤着膊一马当先，第一个跃上了海盗旗舰。他手中佩剑舞动，洒出一片片残影。

海盗不断冲上来，被他斩毙在身前。船长从船舷到船头，硬生生杀出了一片空地。血液飞溅，浸湿了甲板，在白色的帆上染了点点红迹。

"拦住他！"那个黑胡子的海盗头目大喝着，却无法遏制船长冲向他的势头。

挑飞了黑胡子手中的刀后，船长把剑尖抵在了他的喉咙上。

"是你！"黑胡子终于认出了这个覆灭他舰队的人是谁。他万万没想到，过去十年间自己每年抢上百艘船，甚至袭击军方都不曾危急到这种地步的情形，竟被一个他以为必死的老头做到了。

"是我。"船长点点头，笑道，"没想到吧？"

"别杀我！"黑胡子终于服软，"只要你放过我，我可以给你解药。还可以给你很多钱，非常多，多到你几辈子都花不完。"

"哦？"船长表现出一副微微意动的样子，"那是有多少？"

"有……"

长剑刺穿黑胡子的下颌，从他的后颈通出。他捂着伤口瞪大眼睛，想要说些什么，却只是不断地吐出血沫。

"这条大航海之路上，什么东西比你的命更值钱呢？"船长道，伸手推向黑胡子的胸口。

黑胡子向后栽去，翻过船舷的围栏，跌进海里。他沉没的地方出现一个混杂着血液的微小漩涡，然后彻底消失。

船长回身，虬结肌肉上修长的伤疤在阳光下格外醒目。

海盗水手长率先扔下了武器，双手紧贴后颈，跪在地上。

"我投降。"他道，低下了头颅。

接着，所有海盗都匍匐在地。

5

船长和大副在生还的海盗的指引下，进了藏宝的山洞。

小船拐过最后一个弯的瞬间，金灿灿的光晃花了二人的眼睛。

"大哥，你看见了吧！"大副抹了一把眼泪，带着激动的哭腔喊道，"这里到处都是金银珠宝，有了这么多钱，一定能找到人解开你身上的毒！"

"跑商船三十多年，我们攒下的积蓄也不过是那条破船，你看这些黄澄澄的金子，随便捧一把就是咱们半辈子的财富！"他狠狠冲地上啐了一口，"早知道有这种机会，当初还干个屁

（竖排文字）24 小时海盗

的商船……"

"炸了吧。"船长虚弱地打断了大副的话。

大副一怔，放下了自己举高的手臂。

"哥……你的伤……"

"我说炸了。"船长的声音无比坚定。

大副张嘴还想说什么，却终究还是弯腰，从小船里拿出了炸药。

"别人为了荣华富贵拿这些财宝，你不愿意，没问题。"大副一边凿开山岩埋下炸药，一边抱怨着，"但你现在是为了治病啊。"

"你又怎么知道那个黑胡子，最初不是为了治病才做海盗的呢？"船长叹了口气道，"这里埋藏的不是财宝，而是噬人的恶魔，你不拿走它，它仍是这副金灿灿的样子。但你一旦动了要得到它的念头，无论为了荣华富贵还是为了救自己的命，它都会染上血色。"

"有一种水鬼死在河中后无法转世投胎，就会将人拖下水杀害，以灵魂替死，自己便得到解脱。"船长道，"我宁愿有尊严地死，也不愿做下一个拉人入水的妖魔。"

小船渐渐驶离，从山洞出来的那一刻，有剧烈的爆炸声在船长身后响起。

太阳从海平面升起，温暖的阳光虽不够热烈，却仍逐渐驱散黑暗，洒在了船长的身上。

6

祖父自然没死，否则也就没有我了。这种常出海的人一般结婚都晚，他那个时候虽然已经五十岁，却也不例外。

那场海战之后，他在那一片船只废墟里，找到了黑胡子的笔记。

笔记中记载着，海军与黑胡子等十数个集团签订了契约。那些海盗集团，每年都有一次直接拦截国家最主要航道的机会。在这一天里，他们可以任意烧杀抢掠，而不会被海军追捕。代价则是付出一部分所劫掠的黑钱。

海军与海盗的勾结被落了笔实，不再是以前虚无缥缈的传言。这本笔记层层递进，落入想要做出一番事业的官员手中。官员急忙找来了祖父，赶在毒发之前替他解了毒。

根据笔记中的内容，海军的蛀虫被挖了出来，另有数个海盗集团被一网打尽。祖父也因此受封为勋爵。

如果人生只剩 24 小时，应该做些什么呢？

烧杀抢掠，放纵情欲，吸食毒品，无恶不作？

还是燃烧自己的血，毫无顾忌地揭开那些腐朽得散发出恶臭的面具，再将其掩饰的肮脏炸毁？

我不能说哪一样对，哪一样错，哪一样低俗，哪一样高尚。

但我知道，祖父是不后悔的。

〔二维码〕 🔊 24 小时海盗　　22:18

都没有杂货铺

文／姚一十

1

　　杂货铺营业的最后一天，桑子婆婆在太阳落山之前把糖果分给下学呼啦啦跑过的孩子，把生活用品送给巷子深处即将搬走的人家，把整埋好的纸箱递给踩着三轮收废品的老伯。

　　"之后都不营业了吗？"老伯把纸箱规规整整地码在车上，有点惋惜地问道。

　　"是啊，大家都搬走了，开着也没什么人来了。"婆婆给老伯递了瓶水。听着车轮在石板路上轧过的声响，她晃悠悠地走回铺子。

　　桑子婆婆把一切都打点好，在天色渐晚的时候终于关上铺门。她在膝上搭了一条毛毯，靠在柜台后面的藤椅上，扶了扶有些滑落的老花眼镜，拿起竹篮里的毛衣针，按照书上的样式，慢腾腾地织起了围巾。

　　她已经很久没有做过这种手工活了，以前大家都还没搬走的时候，杂货铺的生意总是很好，油盐酱醋在琐碎的家长里短中传递着。婆婆取下眼镜，揉了揉有些发涩的眼睛，迷迷糊糊就睡着了。

2

后来，桑子婆婆是被敲门声叫醒的。她戴上挂在脖子上的眼镜，捡起滚在地上的线团，回应着"就来了"，心里却想着现在还有谁会光临这个什么都没有的铺子。

婆婆把门板打开，白白的月光下面站着一只橘色的狐狸。狐狸十分绅士地先向桑子婆婆挥了挥爪子，然后说道："婆婆晚上好，我想从您这边买点东西。"

这也不是第一次有动物跑到杂货铺来，桑子婆婆一边领着狐狸进门，一边告诉他说："现在我的店里可是什么都没有了。"

狐狸眼巴巴地看着杂货铺里空落落的架子，失落地耷拉着尾巴："兔子说您的铺子里什么都有的。"

之前是有一只兔子来店里买了小包青菜和胡萝卜的种子，桑子婆婆点了点头："以前是什么都有的，但你来得真是不巧，杂货铺已经不营业了。"

"不然你想要些什么，下次我出门添置家用的时候给你带上。"婆婆有些不忍心地看了看狐狸，这样补充道。

"原本是想到了这边再决定要买什么。"狐狸低下头盯着玻璃柜台。

桑子婆婆环顾了整个铺子，最终目光落在那把藤椅上："不然你过半个月再来吧，都没有杂货铺那时候会有一样东西售出。"

3

巷子里的人家都搬走了，连平日里下学会经过的孩子都渐渐换了路线，桑子婆婆开始每天坐在藤椅上看着站在电线上的麻雀相互说话。

偶尔起风的时候，杂货铺的店门会被关上，桑子婆婆在书上挑了两个图案，一针一针地细心织着。

半个月后，狐狸再次敲开了铺门，然后从身后拖出一只兔子。白茸茸的兔子被拉着耳朵正要参毛，看到站在一旁的婆婆忙乖巧地递出了一篮胡萝卜。

桑子婆婆把杂货铺里最后一件商品给狐狸戴上，告诉他说："天气凉了。"

狐狸有了一条灰色的围巾，围巾两端各自织着橘色的狐狸和一只白白的兔子。

都没有杂货铺　　05:20

捕风人

文\姚一十

这是一个发生在最东边的偏僻角落的故事。

如果非要有一个记录地点的名字，或许可以叫风之谷，又或者是没有风到达的山谷。

1

远志在山谷前遇到一个奇怪的巨人，他站在狭小的入口处，几乎就像是一座拦路的山。

"嗨，请问你可以让我通过吗？"

"我想你只需要移动那么一点，我就可以完整通过。"可能是担心巨人听不明白，远志紧接着这样描述。

"我并不想拦住你的去路，但是你可能需要稍微等上一会儿。"

巨人的声音从上方传来，远志费劲儿地踮了踮脚尖，看到的最高点也只是巨人微微凸起的肚腩。

那块隆起的肚腩，就像是吸了水的海绵般，在巨人说话的时候颤颤地有序起伏。

"它马上就要来了，可以的话，只需要一会儿。"

尽管远志并不知道巨人站在山谷前等着什么，但他还是连忙表示同意，并不放心地提醒着："事实上，我路上并没有看到其他什么人过来。你确定要在这里等吗？"

"是的，我总是在这里等的。"

巨人听完好像也没有特别难过，只是声音突然放轻了些，指指一旁的石块邀请远志坐下。

虽然对于巨人来说，那可能只是一个小石子，但远志爬上它仍然花了些工夫。

等他坐上高高的石块，巨人努力站直了身子，告诉远志："它来了。"

远志看了看空荡荡的小路，等到脚边的野草左右摆动，他才意识到，起风了。

2

"你在等风？"

等到连续吹过的风全部都停了下来，上空厚厚的云层仿佛又定格在了蔚蓝的天幕，巨人接连后退了好远，远志才完整看到了他的样子。

那是一个长得不算好看的巨人，他过大的身躯显得有些笨拙，圆鼓鼓的手臂就和凸起的肚腩一般臃肿。

巨人仍保持着在风到来的第一秒便摆出的姿势：四肢紧紧贴合着身躯，就像是没有一丝缝隙的岩石，而他的双手却微微抬起，十指完全张开，像是一张疏疏的网。

"不，我在捕风。"

他放下举起的双手，微微屈下身子望着小小的远志，这样描述。

"这样捕风？"

远志学着巨人的姿势站上石块，轻声说道。

巨人呆呆地看着远志，似乎一时不知道该如何回应，索性捧起他，柔柔地安置到了自己肩头。

"嗯。"

远志坐在巨人高高的肩头，他惊奇地发现巨人虽然有着结实的身体，但他皮肤上却爬满了深深浅浅的小裂口。

原本柔软的皮肤不断被风迎面吹过，终于裂开了一道又一道口子。

"我其实在等一个人，我不知道你有没有见过他，他就像你这样小，脸蛋是苹果的红色，还有一头像落叶般金黄的短发。"

巨人这样描述着，远志不自觉地将手盖上离他最近的那道裂口。

"但我没有等到他，所以只好捕风。风里偶尔会有他的气息。"

3

巨人感觉软软的手掌按上自己粗糙的皮肤，他甚至有些担心身上那些裂口会把远志的小手划破。

"每阵风里都会有他的气息吗？"

远志取出怀里的手绢，想将巨人手掌上最新的裂口系上，徒劳地发现长度远远不够之后，索性解开了脖颈上的围巾。

"事实上，我有些不确定哪种气息是属于他的了。风里的味道太多，而他停留的时间太短。"

将围巾松松绕过并将双端系成了结，远志听着巨人的话，不解地问道："即使是这样你也一直捕风吗？"

"毕竟他说过还会再来，我每天都在等他，而且我如果错过一阵风，就可能会错过他的气息，不是吗？"

巨人将远志安置在高高的山包，蹲下身子，就好像是他们并肩坐着。

"或许你可以试着留意风里别的味道。这样的话，就算是没有他的气息，你也不会特别难过。"

远志在包里找到一个药膏圈住巨人圆圆的手指，还没把巨人手掌上的裂口都涂好，药膏就已经空了。

于是巨人像远志说的，嗅了一口空气，开始注意起其他气息。

溪流、鲜花、大树，更多的是药膏的青草香，以及真真切切离他很近的，属于远志的气息。

4

"希望他能早点到来。"

抬头看了看天色，确定时间已经不算早之后，远志向巨人告别。

巨人将远志从山包轻轻安置到地面，远远望着远志越来越小的身影，轻声说道："我知道的，他不会再来了，你也一样。"

"你说什么？"

远志转过身子，刚刚问出声，巨人便几乎是迫不及待地向他说了一句："再见！"

巨人说再见的声音是那样响亮，远志大声回应着，觉得这一定是自己听过的最有力的一句再见。

即使后来，他们没有再见。

巨人仍然是孤独的巨人，仍然会在即将起风的时候，像山一样站立在山谷的入口，生怕错过每一阵从远处吹来的风。

只是现在，除了原本一直等待的气息，他又多了一份别的期待。

如果你到达那边山谷，就会看到有一个笨拙的巨人，只要有风吹过，便会将系在手上的薄薄围巾紧密地贴上面部。

每当风连带着围巾上残存的气息将他牢牢包裹，巨人都会告诉自己，他离那个孩子，那么近。

捕风人　　09:21

妖怪的集市

文/司南指南

1

天空之中彤云渐消，闪现点点星光，一个少女站在山道的入口处瞪大了眼睛。

这是……

本来什么都没有的山道入口突然出现了一个集市，少女看了一眼忍不住往后退了一步。

"这是……妖怪的集市？"

各种长得奇奇怪怪的人来来往往，不是头上长着角，就是皮肤呈现诡异的青灰色，就连来来往往奔跑的小孩，仔细一看也长着尾巴。

一般人在这种时候早就转头跑了，但是少女在原地犹豫再三，还是坚定了神色。

"不行，他还在那边等我。"

然后少女就朝着这进山的唯一的一条路走了过去，毫不犹豫地迈向了前方的妖怪集市。

2

不要和任何妖怪对视。

不要和任何妖怪说话。

不要拿任何妖怪的东西。

然后你就能安全地从妖怪中离开。

少女在心中默背着山民们流传许久的准则，小心翼翼地踏进了市集。

"猴山上新掏出来的猴子酒！只换灵露啊！"

"糖葫芦糖葫芦！不甜不要钱！"

"刚蜕下来的蛇蜕，只整卖不零卖！"

……好像和人类的市集没什么两样？

少女愣了愣，然后默默地警告自己不要掉以轻心。

妖怪对妖怪当然和妖怪对人是不一样的。她一边告诉自己一边低着头往前走，结果腿突然撞上一个小孩。

"对不起，你没事吧……"少女急忙蹲下来查看这个小孩有没有受伤，然后在抬头的一刹那直直地和青色的瞳孔对上了。

糟糕。

"……姐姐。"小孩露出了狡黠的笑容，少女的冷汗一下就从背后下来了。她默默地想往后退上两步，结果发现背后不知道什么时候也围上来了一堆小孩。

完，完蛋了！

"姐姐。"小孩们把她围了起来，统统仰起头来盯着她看，露出天真可爱的笑颜。

"撞到人是要道歉的哦。"

"那个，对不……"

"喏。"

少女感觉脸被什么东西碰到了，她小心翼翼地看过去。

一朵青色的花。

"赔给你做礼物哦，你喜欢青色的花吗？"

"嗯？不，我比较喜欢白色的。"少女下意识地回答。

然后她就被花给淹没了。

"拿我的拿我的！"

"明明是红色比较好看！"

"她说了喜欢白色的啦。"

围着她的小孩们争先恐后地往她手里塞着花，她对面前变化突然的事态反应不过来，愣愣地接到手里，但是花像是接不完一样从小孩们手里面冒出来，很快她手里的鲜花都多到接不下了。

"好了好了，你们吓到她了。"

突然，一个慈祥的老奶奶出现了，她一边让孩子们散开一边朝少女说："吓到你了吧？这些孩子总是这样。"

少女立刻反射性地回答。

"没有，您客气了。"

"是吗，那就太好了。"

笑眯眯的老奶奶转身离开了，捧着一大束鲜花的少女看着她背后的翅膀发起了呆。

妖怪……都是这么奇怪的吗？

3

进集市大门之前，少女还将对妖怪的"三不准则"铭记于心，但是这三条准则很快就被打破了。

从市集开头走到市集结尾的一路，少女简直是亲身验证了妖怪们的热情好客。

不仅送花送酒送吃的，还送头钗脂粉和胭脂，还有很多其他的东西。

几乎每一个摊主都热情地给她送了自己的产品，以至于她站在集市出口处的时候满怀的礼物。

"这个面具送给你吧。"旁边的摊主笑眯眯地递给她一个狐狸面具，不等她拒绝就塞到了她的怀里。

"这个面具是一对的，戴上它就能找到好姻缘哦。"

摊主一边这么说一边轻轻地推了她一把。

"去吧。"

声音的尾音消失在空气中，少女迷茫地回过头，身后已经是一片寂静，像是刚才的一切都是一场幻梦，只有满怀的礼物表示刚才的一切都是真实发生过的。

突然身后响起了声音。

"阿瑶你在发呆吗？"身着白衣、戴着狐狸面具的少年不知什么时候出现在她身边，正歪着头看她。

"阿慕……我好像做了一个梦。"

"啊，是个好梦吗？"

少女沉默了一会儿，脸上扬起大大的笑容。

"嗯，是个好梦呢！"

"那就走吧，山上的星空可是最美的。"

　　少年接过少女怀中的东西，牵着她的手朝山上走去。在少女看不见的背后，一群妖怪挤在集市的门口朝他们招手。

　　"下回还要记得带小姑娘来玩啊。"

　　"我下回会记得采白色的花的！"

　　"大哥路上小心一点啊！"

　　白衣少年牵着少女的手没有回头，只是往后招了招手。

　　——啊，知道了。

妖怪的集市　　07:06

吃云的巨人

1

巨人呆呆地望着蓝色的天空和天边的太阳，一动不动。不久，一朵白云慢悠悠地飘过来，经过了巨人的头顶，巨人手一抓，把白白胖胖的云抓到手心，塞进了嘴里。

云的味道凉凉的，不好吃。

可巨人还是把它咽了下去。

吃掉云，他轻轻叹了口气，呼出的气流让周围的树木都晃了起来。

2

兔子们很烦恼。

自从来了那个天天吃着云朵的傻大个，太阳直晒，根本遮不到阴，草里面的汁水也只剩下了一点点，吃不饱的兔子们一个个都蔫了。更可气的是，还不能把毛剃光，不然会被其他兔子骂成流氓兔，真是愁死兔了。

"我忍不了啦！"某只兔子嚼着没味道的草茎，终于忍不住，把草一摔，蹦蹦跳跳地跳去了巨人脚下，"大个子！你能不能别吃云了！"

巨人听见微小的叫唤声，茫然地低下头："啊？"

然后他就看见，一团毛茸茸的白团子，飞去了天边。

3

把被自己吹走的兔子拎在两指之间，听他愤怒地抱怨了一通，巨人很愧疚。

"对……对不起，"巨人把兔子放到和自己一样高的位置，看着他的红眼睛，小声道歉，"这样吧，我个子高，这个夏天，就由我来帮你们挡住太阳。"

兔子用两只爪子按住自己往后飘的耳朵，声嘶力竭："你就不能不吃云吗？！"

巨人眼神忧郁地叹了口气，一不小心松开了手："唉……"

然后他又看见了一团飞行的白团子。

4

巨人反复地道歉，却怎么都不肯停止吃云，兔子们没办法，只好接受他的提议，让他用身体来挡住太阳。

巨人身材高大，投下的阴影更是不必说。兔子们趴在阴影里睡午觉的时候，都觉得凉爽异常。巨人看着这一堆白的黑的花的毛茸茸的团子们，也会难得地笑一笑，然后小心地挪动位置，让他们始终睡在自己的影子里。

最开始去找他的兔子不时就会溜到他的肩膀上，和他聊天。

吃云的巨人

"嘿，大个子，"当巨人再次把一朵白云抓下来时，兔子问，"你到底为什么要吃云？"

巨人沉默一下，很小声很小声地说："我们巨人……一旦思念什么人，那种感情就会变成云，飘去我们想的那个人的头顶。"

兔子看看巨人手里爱心形状的云，不说话了。

"我和那个人吵架了，但是她一直没有想我，所以，我也不想打扰到她……其实我知道她就在森林的另一边的……"巨人说着说着有点难过了，一口吞掉了那朵云。

兔子用爪子拍了拍巨人的肩膀。

"谢谢你安慰我，"巨人擤擤鼻子，转过头，"其实我……"

兔子生无可恋地飞在半空中，对巨人挥了挥爪。

"没事，习惯了。"

5

兔子们最近忙忙碌碌地不知在干什么，最常聊天的那只兔子也不过来了。巨人还是安静地坐在老位置，挡着太阳，习惯性地抓下飘来的云。

忽然传来一阵轰隆隆的震动，整个大地摇晃起来，巨人紧张地转头，四处查看，不知道这时候在树洞里休息的兔子们有没有事，但是一个熟悉的身影映入眼帘，他突然就动不了了。

那也是一个巨人——女巨人。

女巨人身上到处挂着毛茸茸的白色的黑色的花色的团子，手里抱着的那朵爱心形状的云，也是黑白花三种颜色的。

女巨人缓缓走近巨人，巨人看见了她带泪的笑容。

"云真的很难吃，对吧？"她说。

巨人愣愣地点头。

站在女巨人肩膀上的白兔子，摸摸屁股后面短了一截的尾巴，咧开了三瓣嘴。

吃云的巨人　　05:19

一只吃素的狼

文＼唐木木

1

很久很久以前，有这么一片森林，树木茂密，百花盛开，白兔在草丛中穿梭，小鹿在树林间奔跑，溪水蓝得像水晶，鱼儿在其中欢快地游来游去。

这里是动物的国度。

这个国度里住着一只吃素信佛的狼。

一开始大家都排挤他。狼族觉得这位同胞太过丢脸，花了这么多年爬到食物链上层的种族居然还要退化去吃草。其他小动物不相信这只狼，觉得他说的话只是一个虚伪的陷阱。

后来，狼成了森林里的大红人。

现在，与其说他是狼，不如说他是森林里的一位神奇的魔法师。

这还要从他创立的那种名为"等价交换"的法则说起。

某一天，狼突然向大伙儿宣布，他多年苦修终于有了顿悟。佛说今生受苦是为来世修福，这是佛的基本信条，也是一种等价交换法则。而他通过多年冥想苦思修行，终于习得了这种法则，以后大伙儿可以找他帮忙。

"那只狼又在说疯话了。"一开始森林里到处传着这样的话，大伙儿都不信他。

后来，狼的好朋友另一只狼找到了他，他对狼说："我明天要向小丽表白，我需要石中花，请问你的那个什么法则能帮帮我吗？"

石中花长在悬崖峭壁之上，岩石缝隙之中，极难采摘。但阳光照射的时候，上面会流转出彩虹一样的光圈，美丽绝伦。

"没问题，"狼说，"但是根据法则条件，你需要拔十筐胡萝卜给我。"

第二天，狼给了好友石中花，好友也给了狼十筐胡萝卜。

好友靠着那朵花告白成功了，整天喜滋滋的，逢人便夸狼，夸他神奇。狼面上微笑着，不小心动了动自己那条摔伤的腿，"嗞"地一声差点没嚎出来。

将信将疑地来找狼的动物越来越多了，狼也都尽力满足着他们的愿望。

小白兔跳着过来说："我要十筐萝卜用什么换？"

狼说："你摘十筐鲜嫩的草。"

小羊"咩咩"叫着走过来说："我要十筐青草用什么换？"

狼说："剪去一些你身上的羊毛，用那个换。"

于是大伙儿都开始崇拜狼，再也没有动物鄙视他奇怪的吃素习惯。

2

某一天，一只戴着红帽子的小白兔跑到了狼这里。

狼习以为常地问她："你想要交换什么？"

小白兔问："你是用等价交换法则来作为你的交换原则？"

"是啊。"

小白兔"吧唧"一声在狼的脸上亲了一大口："那我非礼了你，等价交换，你也要非礼我。"

狼的大脑也随着那"吧唧"一声宕机了。

苟延残喘地运转着的脑细胞告诉他，兔子刚刚那句话，没毛病。

狼的脸迟钝地红了起来，他指着面前这只流浪兔"你"了半天都没说出下半句话。

从此以后狼的身边多了这个甩也甩不掉的小跟班，狼每次出门都要小心翼翼地张望好半天，才敢偷偷溜出去暗地里实现那些委托的愿望。

一天，两天，十天……

狼总能从各处看到小白兔的身影。

"我抱你，你抱我，等价交换。"

"我亲你，你亲我，等价交换。"

"我嫁你，你娶我，等价交换。"

这样持续不断的声音让狼的脑壳都发疼了，所以在第十一天，小白兔一整天都没有出现的时候，狼骤然间觉得好像生命中少了什么东西。

第十一天晚上，狼心神不宁，他对今天最后一个客户说："等价交换，告诉我戴红帽的小白兔的消息。"

客户说："她被你的好友抓去，眼看就要被吃了。"

狼匆匆忙忙赶过去，看到小白兔在狼爪下瑟瑟发抖缩成一团，心一下子揪紧了。他冲上前去，一把抱住兔子，把兔子救了下来。

回去的路上，兔子幽幽叹息："救命之恩无以为报啊。"

"用你的一辈子来偿还吧。"狼傲娇地扭过脸去。

3

戴红帽的兔子终于得偿所愿和狼在一起了。

兔子蹦蹦跳跳地跑过去感谢好友狼："要不是你的配合演戏，我还不知道要等到什么时候呢。"

"小事儿，"好友狼挥了挥爪子，"不过你这帽子打算什么时候取下来？"

"现在。"小白兔拿下了她的红帽子，身形渐渐发生变化，变成了一只漂亮的狼。

"以前一直不敢说自己是吃素的狼，不得不伪装成兔子，现在我不怕了。"

一只吃素的狼　07:07

河神　文／土猫S

1

"老实的樵夫，你掉的是这把金斧子、这把银斧子还是这把生了锈的铁斧子呦？"

"妈呀，鬼！"樵夫落荒而逃。

"可爱的男孩，你掉的是这只金鸡、这只银鸡还是这只毛没长全的小鸡呦？"

"妈妈，我的小鸡淹死了！"男孩号啕大哭。

"美丽的少女，你掉的是这支金簪、这支银簪还是这把缺了角的木簪呦？"

"竟然敢偷老娘的簪子！"女子挽起衣袖把河神打得鼻青脸肿。

河神揉了揉肿胀的脸颊，抱着小鸡，提着铁斧，插着木簪蹲坐在河边欲哭无泪，苍天啊，神仙的日子太无聊了，想跟人搭句话就这么难吗？

赤着脚的小女孩从林中走出来，将一块白玉鱼佩丢进河中，蹲在河神身边眨眨眼："河神，我的玉佩掉了。"

2

"河神，今天实在没有东西可以丢了，咳咳，不如我陪你聊聊天吧。"自那以后，女孩小梦每天都要借着掉东西的由头来河边陪寂寞的河神聊聊天，一人一神坐在河畔，边看着鱼儿在脚边游来游去边讲着过去的故事。

河神本是一尾普通的鱼，饲养在道观之中，道观中人员稀少，只有女道士一人，闲着无聊便时常与鱼对话，谈论道法，她的桃木剑上总挂着一枚白玉鱼佩，走起路来环佩叮当，像她的声音一样好听。

久而久之，小鱼有了灵性，成了鱼妖，甚至渡劫做了河神小仙，而女道士却因在战乱时期为了保护村庄的百姓不受伤害泄露了天机，每一世都活不过十六岁。

"不知道是不是因为受她的影响，我成了一个话痨，我每天都在不停地和人搭话，只不过是想找到她的转世而已。"

"如果找到她的转世，你想跟她说什么？"

"你我相遇，何其有幸。"那是她对他说的第一句话，也是他印象最深的话，那日点点杏花落在水面，映出她素雅的脸。

小梦歪着头看他，似懂非懂，一只小小的河灯顺流而下，接着无数的河灯紧随而来，承载着众人的期盼与愿望，映亮了河畔。

"爹爹说今天是七月十五，要放河灯祭祀祈福，河神河神，你能不能满足我一个愿望？"烛火倒映在小梦眸中，闪闪发亮。

"看在你陪我聊了这么久的份上，我答应你。"河神宠溺地摸摸小梦的头。

"我死了之后能不能帮我照看爹爹，郎中说我得了肺痨，活不了多久了，家里只有他一个人，我怕……"

"你今年多大？"河神打断了她的话。

"十五，还有一个月就满十六了。"小梦有些不明所以。

"你不会死的，相信我。"河神的心一紧，皱了眉头。

3

当河神握着从东海龙王那里历尽艰难险阻求来的灵珠，正准备为小梦解除诅咒时，她的骨灰已经按照她的愿望被撒向了河中。

终究还是晚了一步。

千年前是她日夜的话语让自己有机会得道成仙，千年后也是她发现了寂寞的自己，每天来陪自己聊天解闷，那枚白玉鱼佩让自己认出了她的身份，却还是没来得及为她做些什么，只能按照她的愿望偷偷为她父亲送些金银珠宝，保他衣食无忧。

他求了阎王三天三夜也没能问出小梦的下落，只道她厌倦人世沧桑，坠入了畜生道，怕是再无缘相见了。

一向话痨的河神居然不再说话了，整日对着一块玉佩发呆，这让周围的大小妖精高兴不已，终于不用听他的碎碎念清静清静了。

"啪嗒！"玉佩掉进水中不见了。

郁郁寡欢的河神搅浑了整条河，河中的虾妖蟹怪也没能找到那块玉佩，叫苦不迭，纷纷躲起来不敢动弹。

打那以后，河神日日沮丧地坐在河边，不吃不喝，幻想着哪天能再见到她的身影。

4

一瓣杏花落于水面之上，河神才惊觉冬去春来，小梦离开已有数月。

一阵风来，星星点点的杏花纷纷落下，河神的思绪被拉回到当年。

一尾红鱼划破水面，顶着白玉鱼佩款款而来，她回来了。

红鱼身上斑斑驳驳，想必受了不少苦难才找回这里，吞下河神向龙王求来的灵珠化身成人，亭亭而立，只是发不出声音，坐在一旁望着河神无声地笑。

河神激动地抱住女孩，泪水却止不住流下来。

其实那句话还有前半句，河神凝望着女孩的双眸，一字一顿："我能言，你善听，你我相遇，何其有幸。"

 河神　07:12

山鬼　文/姜小白

1

遇见王子的时候，山鬼已经不知在这山林间等了多长时间。

王子穿着奇怪的立领衣服，金色的头发随风贴在脸颊上，碧色的眼睛像极了山下的那汪湖。

但他不是她要等的人。

山鬼已经等太久了，四季轮换，叶落花又开，那个人却始终没来。她远远扫了王子一眼，又闭上眼睛假寐。

脚步声窸窸窣窣响起，眼前的光似乎被挡住了，然后她感觉唇上一个温软的物什贴了过来。她睁开眼，看到的便是那双澄碧的眼睛。

王子温柔地开口："我的公主，是你吗？抱歉，我来晚了。"

"不是。"山鬼用力地擦了擦嘴巴，转身换了个方向。

"你生我气了？抱歉，我找了好久都没找到你的城堡，大概时间太久，城堡坍塌了吧。"

山鬼听不懂他在说什么，想了想说："这里没有城堡，而且我不是你要找的人。"

"怎么可能，我一吻你你就醒了，说明你就是我的睡美人。你别怕，我是你的王子呀。"

山鬼耐心地跟他解释："我没有睡，我本来就醒着。"

王子爱怜地摸了摸她的长发，道："那是因为你被人施了魔法，在这儿睡了一百年了。这一百年时间是静止的，所以你才会觉得你是醒着的。"

神经病。山鬼翻了个白眼，一脚将王子踹下了山。

2

王子很开心，他终于找到了他命中注定的公主。虽然她不承认，脾气也有点凶，还用魔法把他弄到了山下，但他知道她就是他要找的睡美人。

王子没有气馁，在山下歇了一晚又上了山。

山鬼还坐在原来的地方，闭着双眼休息。

王子拿出路上摘的花，别在山鬼耳后，又在她手上亲了亲。

山鬼睁开眼睛，看到是他有点惊讶："你怎么又来了？"

"我来找你呀，你是我的公主，你在哪儿我就在哪儿。"

又来了。山鬼一挥手，王子又消失在了风里。

耳边终于清净了，山鬼满意地伸了个懒腰，斜倚在赤豹身上，有一下没一下地撸着怀里的花狸。

不知过了多久，王子又来了。这次山鬼没有赶他走，她看着他身上多处划破的衣袍，疑惑地问道："山路艰险，你不怕吗？"

"怕什么，你还在这儿呢。"

山鬼垂下眼皮，遮住了眼里的情绪。

王子把路上摘到的果子递给山鬼，自己也在她身边坐下，只听到山鬼低沉的声音："我等他好久了。下雨天他没来，下雪天他也没来。我离开过，最后还是回来了。我想，山路这么险，说不准他只是在路上耽搁了。可我要是走了，他就找不到我了。"

王子怔了一下，随后用力点头："我也不知道走了多久了，只记得一直走一直走，原来已经这么久了。还好，我还是找到你了。"

鸡同鸭讲！

山鬼叹了口气，胸中那股郁气却莫名消散了些。她侧头看向王子，此刻他狼狈不堪，但还是一脸温柔地看向她。她受惊一般收回目光，问道："你叫什么？从哪里来的？"

"我……"王子挠了挠头，仔细想了片刻，最后睁大了眼睛说道："我不知道。我只知道我是王子，是要来找你的。"

这个骗子！山鬼气愤地把王子扔下了山。

3

山鬼愤愤地把王子采摘的果子扔得遍地都是。她第一次敞开心扉向外人诉说自己的心事，对象竟是个骗子！还说自己不知道从哪儿来，怎么会有人忘记这种事？像她……

山鬼手下的动作一顿，她是从哪儿来的来着？

她有些惊恐地去回想，发现毫无头绪。她只知道自己在这儿等人，那个人跟她约定好了却没有赴约，她便日复一日地等。可，等的那个人又是谁呢？

她一点儿也想不起来。

那么，她到底是谁？

她想回头问问王子，他为什么会来到这里，为什么会那么笃定她就是他要寻的人，这才想起来那个人已经被她扔到山下了。

他不会再来了吧，她对他简直糟糕透了。

山鬼把脸埋在双膝之间，突然间有点委屈又有点莫名的愤怒。

"喏，山下的杜若开了，你看漂不漂亮？"

山鬼抬起头，看到王子迎着阳光站在自己身前，金色的头发仿佛与阳光融为一体。她接过花，不敢置信地开口："你……你又来了？"

王子不好意思地挠挠头，道："我想跟你解释清楚，我没有骗你，我是真的记不清了。你要是不相信我的话，我再也不来烦你就是了，你别生气。"

山鬼连忙道："我没有不相信你，我……我也记不清了，甚至不知道自己在这儿等谁。可是，你怎么知道你要找的人是我？"

"我也不知道。我去了许多地方，可我找的那个人好像总也找不到，后来我就看到了你。我偷偷观察了你好久，发现你也在等人。我想，既然那个人我总也找不到，干脆做你等的那个人好了。"

山鬼沉默片刻后用力点头："那我也不等那个人了，我以后只等你一个人。"

王子笑了笑，将手中的杜若簪在了她发间。

4

公园里，小男孩抱着手里的童话书仰头问道："姐姐，山鬼最后等到那个公子了吗？"

女孩摇摇头，摸了摸男孩的头："没有吧，这只是一首诗而已。"

小男孩摇摇头，眼眶慢慢红了。那么好看的女孩子，怎么能孤独终老呢？他看向童话书封面上高大英俊的王子，自言自语道："王子哥哥，你那么厉害，你去找山鬼姐姐好不好？不要让她一个人。"

风吹过书页，停在了其中一页，插图中的王子俯身亲吻了沉睡的公主。

山鬼　　08:02

磨龙

文\张小白

馍馍从她是个小女孩的时候就看过恶龙与公主的很多故事。她听村里的老人说龙一身是宝，随便一片龙鳞，都是无价之宝。

她的梦想是屠龙。从深山中经过一番恶斗，将恶龙扒皮抽筋，龙鳞刮下来磨成铜镜，卖给小镇上的姑娘们，这样她就能大赚一笔。没错，她的脑回路确实不大正常。

她带上一袋干粮和磨龙鳞的工具上路了。

她来到了应东山，据说这里住着一条大龙。

她走到山脚下。干粮已经快要吃完了，龙却不知道在哪里。她只能坐在山下号啕大哭。她的哭声好大，大到吵醒了山洞里沉睡着的大龙。大龙飞到了山脚下。

"是谁在打扰我睡觉？"

馍馍原本泪眼婆娑，可看到龙，眼睛都亮了起来。那些闪闪发光的鳞片，就是会飞的银子啊！

"大龙，你的鳞片好漂亮啊！"

"那还用你说！"大龙一脸傲娇。

馍馍说："我会磨鳞片，把你的鳞片磨得更加有光泽，我还有专业的保养用的蜡，给你做个抛光，保证你一出场闪瞎所有人的眼。"

大龙沉思一下："我去过你们人间，这个套路，仿佛是村口理发店的。不磨。"

馍馍撒娇道："磨一磨吧，再好的鳞片也得定时保养啊！"

"不磨。"

"磨一个吧，就磨一个，磨完你看效果！"

大龙想了想也不亏，便抖抖身上，掉下几片。最近掉鳞掉得有点厉害，估计是得好好保养一下了。

"你就先把这些磨好了再来找我。"说完回去睡觉了。

馍馍用了最好的磨铜镜的手艺，把那几片鳞片打磨得十分漂亮。

可是大龙藏在深山里，很难叫醒他。

馍馍只好再次在山下号啕大哭。这次哭得鬼哭狼嚎一样，比上次还吓人。应东山旁边的村民都传言，山里闹鬼了。

大龙终于醒了，看到光泽鲜亮的鳞片非常满意。他带着馍馍回了山洞，正式聘请馍馍为他的鳞片保养师。

后来大龙发现馍馍不只会磨鳞片，做饭也很棒。他平时生吃的野山鸡被馍馍一烤变得非常香。

与此同时，大龙的睡眠也不能保证了。

"大龙！你看你看，这片鳞亮不亮？"

"亮……"

"大龙大龙，今天这只兔子好可爱，我们换只山鸡吃好不好？"

"好……"

"大龙大龙，好多山鸡围着我要啄我！"

"这……"

"大龙大龙，最近只能改吃素了。山里的动物被我吃得差不多了……再吃肉，我就只能去猎杀国家一级保护动物了……"

"吃……"

大龙想睡觉……他只想安安静静睡个觉。可是他不知道为啥，就算再困，再抬不起眼皮，也要硬撑着回答一句再睡过去。

也许是她把自己的鳞片打理得很好的原因吧。大龙有点希望她能这么一直陪着自己。

大龙最近的睡眠实在是太差了。今天馍馍终于安安静静地不说话了。他抓紧时间睡了一觉，不知道睡了多久。等他再醒来的时候，馍馍和他最满意的一部分鳞片都不见了。缺失鳞片的部分有一个让大龙哭笑不得的形状。

馍馍带着磨好的龙鳞跑了。带回家卖铜镜了。

果然龙鳞铜镜一上市就被高价一抢而光。

馍馍狠赚了一笔。

她躺在满屋银子上的时候，却有些落寞。

不知道大龙醒了没？他发现鳞片丢了，会不会生气？

可是她薅的都是大龙即将脱落的鳞片呀，不然他在睡梦中一定会感觉到痛的。

她想着想着，就睡了过去。

一觉醒来，身边多了一个头发秃了一块的少年。秃的那一块分明是个桃心。

馍馍感觉头上发凉，忙看镜子。发现自己的头上被剪得只剩一个桃心。

"你!"馍馍气得说不出话。

少年现出原形，将馍馍的头，堵在秃了的那块地方，丝毫不差，严丝合缝。

大龙说："这样我就能把你的心放在我心里啦!"

大龙卒。

市面上多了好多有关龙的物品。

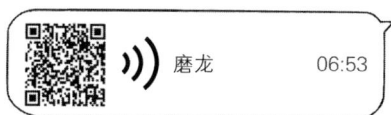

磨龙　　　06:53

魔镜

文/土猫S

1

"一定要杀了白雪公主，否则你也别想活命。"皇后对武士恶狠狠地说，武士唯唯诺诺地退出，房间里又只剩下了我俩，安静得叫怕。

她重又坐在我旁边，低垂的眼眸中挂着晶莹的泪滴："魔镜啊魔镜，谁是这个世界上最漂亮的女人？"

我的镜面不断闪烁出各种各样的容颜，最后显示出她的脸庞。

"你说过不会骗我的，魔镜。"

我极不情愿地显示出白雪公主的脸，当前人气美女第一名得主。

"可是我觉得这个世界上最好看的人是你啊，皇后。"我有些委屈。

2

"魔镜啊魔镜，谁是这个世界上最漂亮的女人？"

这是她小时起就最爱问我的问题，那时她还是个小女孩，生得又矮又胖，总被别人欺负，每次伤心都躲在阁楼里问我这个问题。我映出各式各样美丽的脸庞："很快你就会像她们一样美丽的，我的小女巫。"然后和她一起畅想她长大之后的美丽模样，她就不哭了。

后来她瘦了身，在女巫学院里努力钻研法术，变得越来越漂亮，成了最漂亮的女人，我终于可以光明正大地映出她的脸，直到她嫁到这个国家，碰上了白雪公主。

而我，再也不能哄好她了。

3

"什么，那个武士骗我，白雪公主还没死！"皇后气得把我摔到地上，回过神来又马上拾起轻轻擦拭，"对不起，我不该这样对你。"

"没关系，我是面镜子，没有痛觉的。"我对她笑。

她将我放在桌上，穿上黑袍，硕大的帽子遮住了她半边脸，显得格外妖艳，她拿了枚毒苹果不顾我的劝阻出了门，我轻轻叹了口气，她原来不是这样的。

4

遇见他的时候，她还是刚刚毕业、最有前途的天才女巫，机缘巧合下救了在森林中探险迷了路的他，一见倾心，不顾众人阻拦，坚持嫁给他，做他的皇后。她与父母决裂，与师友告别，只身来到了他的国家，什么都没带，除了我。

后来她才知道，原来他还有个女儿，而他娶她，只是为了利用她的法术。

他的女儿十八岁时会有一场危及生命的劫难，他希望她能够化解，她微笑着应允了，眼里噙满了泪水，自那以后她很少再见到他了。

不过数年岁月，她迅速地衰老，原本娇俏的面庞写满了沧桑，我看得心疼，常常给她讲当前点击率最高的段子，可始终看不见她的笑容。

她总喜欢捧着我问昔日的问题，而我却总是不争气地显示出白雪公主的脸。好想抽自己两个嘴巴，可惜我没有手，我只是一面镜子而已。

5

无数疯狂的人追在她身后，大喊着烧死她，烧死她，她抱着我坐在扫帚上飞离这个国家，一如当年来到这个国家时一样，只不过眼中早已没了当时的期待。

石子丢在她身上，划伤了她的脸颊，打坏了扫帚，她拖着折断的扫帚，深一脚浅一脚地走在树林中，身后的喊杀声越来越近。

魔镜啊魔镜，谁是这个世界上最丑陋的女人？

我无法抑制地显示出了她的脸，她捧着我仰天长笑，可是那笑声怎么充满了悲伤？

"可是我觉得这个世界上最好看的人是你啊，我的小女巫。"

她苦笑，将我放在地上，只身一人向喧闹的人群走去："愿你能找到一个善良的新主人，魔镜。"我想拉住她被风掀起的袍角，可我没有手。

此刻我多想化身成人，可我的法力并不够。

"嘿，你需要法力吗？"旁边折了腰的扫帚向我伸出了援手。

6

"你好，我的新主人。"

她转过头，惊异地看着变得和她一模一样的我。我飞快地在她脸颊上亲了一下，将她推倒在地，向人群的方向跑去。

"回到女巫学院吧，那里才是你的世界！"我回头向她喊。发丝轻抚过我的脸颊，她那么美，我也一定很美吧，只可惜没有机会见到了。

人群很快一拥而上围住我，撕扯着我的四肢，点燃了我的发梢与黑袍，我不在意，我是镜子感受不到痛。

咔嚓。

咔嚓。

咔嚓。

大火中我慢慢碎裂，我永远都不会忘记是她从阁楼的杂物里翻出了我，轻轻擦拭我身上的灰尘，只要她能平安如意，粉身碎骨我亦在所不辞。

我是镜子感受不到痛，可是那一刻，我感受到了快乐。

魔镜　　07:44

讨伐魔王

文／司南指南

1

这片大陆上面每个勇者最大的愿望都是打倒魔王，奥兰也不例外。

费尽千辛万苦爬到魔王宫的奥兰一脚踹开魔王宫的大门，放声喊道："魔王！速速出来受死！"

然后他就看见一个红色的影子从高高的台阶上面一路滚了下来。

"砰——"

"咚——"

"啪——"

"疼疼疼疼……"

穿着红色裙子的少女一边揉着撞到的额头一边站了起来，她面对被惊到的奥兰不好意思地抚了抚裙子的下摆，优雅地行了一个礼。

"你好，我是魔王，请问有什么可以为您服务的吗？"

语气亲切，态度热情。

……奥兰觉得一定是他开门的方式不对。

2

面对面前十分有礼貌的少女，奥兰难得地感觉到了尴尬，他支支吾吾地说："……我，就是……来……"

杀魔王的。

还没有等奥兰把剩下的话说出来，少女已经一副心领神会的表情。

"我知道了，您是来杀我的吧？"

奥兰一惊，随之又被少女的动作再次惊吓了一次。

少女牵起他的手，笑眯眯地说："没关系，我们会成为朋友的。"然后就准备牵着奥兰朝台阶上面走过去。

奥兰大惊失色，一把甩开少女的手，拔剑出鞘挡在身前，表情严肃地说："我是不会和魔王成为朋友的！"

少女歪歪头。

"啊？为什么？"

奥兰义正词严地说："因为魔王都是邪恶的！"

"可是我从来都没有干过坏事啊？"

"胡说！王国之前派来的勇者都没有回去，肯定是被你杀掉了！"

"他们都在魔王宫的山下面住着的，你上来的时候应该看见了啊。"

"……啊？"

奥兰和魔王少女面面相觑。

讨伐魔王

3

奥兰和魔王坐在花园里，中间的小圆桌上摆着热气腾腾的红茶和美味的点心，气氛微妙。

在魔王的解释下，奥兰知道了原来以前来挑战魔王的勇者都不知缘由地放弃了杀死她的想法，但是接了国王的任务没完成又不好回家，所以干脆就在魔王宫山下定居了，还有人回老家把家里人都接了过来，和和美美地在山下过起了日子。

所以在魔王看来，有人要杀我＝我又有一个新朋友了。

奥兰表示对这个等式不想发表任何的意见。

但是……

奥兰回想起在上山路上的那些敌人。

山脚下那个用剑的好像是两年前的剑术大赛冠军，半山腰用弓的似乎是之前弓手协会的会长，还有那个用枪的和那个用刀的……

奥兰迟疑了。

然后半推半就地在少女的邀请下住了下来。

在接下来的日子，奥兰逐渐知道了少女的一些事情，比如少女的母亲也是魔王，在她继承了魔王的身份以后就和少女的父亲到处游山玩水去了，只留下少女一个人留在魔王宫。

"不过还好，阿黑一直陪着我呢。"少女亲昵地拍拍身边光头就有三个她大的黑龙，开心地说，"阿黑可是从我出生开始就一直陪着我呢，你看他是不是长得很可爱？"

奥兰看着黑龙闪着寒光的利齿、半人高的眼睛，表示他没什么要说的。

黑龙懒洋洋地看了他一眼，用头蹭了蹭少女，引得少女发出"好可爱！"的尖叫声并且一把抱住了他。

黑龙也表示，可不可爱不是由你说了算的。

4

深夜，魔王房间的门被悄悄地打开了，一个身影从门外悄无声息地走了进来。

魔王在床上睡得很香，奥兰站在床边，手中拿着锋利的宝剑。

其实他也不想这样做，但是他的母亲病重，需要一大笔钱才能治得好，也正是这个原因，他才会冒着风险接下已经一年都没人接的魔王讨伐任务。

床上的少女睡得香甜无比，奥兰看着她，犹豫了很久终于举起了手中的剑——

然后被一只手接了下来。

奥兰惊讶地看着突然出现在床边的黑发少年，惊疑不定地问："你是谁？"

少年懒洋洋地看了他一眼，像是捏饼干一样把剑捏碎了。

"我是谁你不用知道，你只要知道——"

少年露出寒光闪闪的牙齿。

"我是来送你回老家的。"

5

魔王早上醒来以后发现她的朋友不见了，她有些遗憾地对一旁的黑发少年说："我本来还想让奥兰看看阿黑你的人形呢。"

"无所谓啦，反正那家伙总会回来的。"阿黑揉了一把她的头，懒洋洋地回答道。

"也对哦，奥兰应该也会在我们这里住下来的。"

看着重新高兴起来的少女，阿黑回想起了昨天晚上的事情。

作为人类的奥兰自然没有办法敌过黑龙的力量，三两下就被制伏了，但是被制伏的奥兰心情却微妙地放松了下来。

魔王这样的女孩子……果然是不应该被杀掉的。

对不起了母亲，看来我是回不去了。

奥兰闭上了眼睛，准备迎接他的死亡，但是预想中的痛苦迟迟没有到来，他迟疑地睁开眼睛，眼前却落下了一个布袋，里面的东西碰撞着发出清脆的响声。

抛下布袋的黑发少年看了他一眼，说："里面的金币拿回去给你母亲治病吧。"

奥兰迟疑道："……你怎么知道我母亲生病了？"

"因为我能看见别人的想法。"黑发少年小心地掖了掖少女的被子，手一挥就解开了奥兰的束缚。

"而且，你也不是真想杀她吧？"

奥兰站了起来，看了一眼床上的少女纯真的睡颜，突然笑了。

"谁知道呢？"

奥兰拿起布袋，轻松地想道：把母亲的病治好以后就带她来魔王宫下面住吧。

这一次，轮到他来保护魔王了。

听见他心声的黑龙挑了挑眉，表示并无所谓。

反正魔王宫山下还有很多地方可以住。

阿黑看着开心地吃着早餐的少女，觉得自己那一大袋金币花得挺值。

但是收藏减少还是挺令人不快的。

阿黑思考起了应该去哪里收集一些闪亮亮的金币回来。

——对了，就去那个发了魔王讨伐任务的王国好了。

 ))) 讨伐魔王　　07:52

吃火柴的小女孩

文/Zennah

1

对小镇里绝大多数人来说，这都不过是冬日普普通通的一个夜晚。若真要说哪里不一样，大概是今夜较往常更冷些，可壁炉旁的人们并不会留意这些变化，毕竟热乎乎的洋葱蘑菇汤已经上桌了。

2

小女孩裹紧满是补丁的披肩，瞧着这条街上最后一位行人进了屋子。

经历了无数次拒绝，她已没有再去询问的力气。快要下雪了呢，她缩在一户人家的窗户下喃喃地说道。屋里暖黄的烛光透出窗户，似乎也给小女孩带来了暖意。

怎么越来越冷了，小女孩搓了搓手。听着屋里孩子的撒娇声，她突然想起了祖母。

当家人都还在时，自己也曾这般任性天真。想起以前的日子，小女孩眼中盛满笑意。不过比起祖母，此刻她更想念的是祖母炸的薯条。

说到薯条，小女孩瞅着手里那根用来取暖的火柴，她突然有了个大胆的想法。

3

"妈妈，妈妈！这个姐姐在吃火柴！"趴在窗上看雪的孩子看见了更有趣的东西，兴奋得跳了起来。

于是不知不觉，由一个，到一家，到半个街道，最后甚至半个小镇的人都围在了小小窗户边，他们脸上的神情仿佛是在观看集市上最热闹的表演。

闭着眼一脸陶醉的小女孩此时正笑盈盈地从祖母手里接过满满一盘薯条，虽然没有蛋黄酱，但已经足够美味。一根又一根，酥脆得根本停不下来。

等咽下最后一口，她吮了吮手指。睁开眼后的景象却让她吓了一跳。

4

小女孩成为小镇红人的第三天，她依旧有些恍惚。

那晚，不知怎的想起了祖母，之后又奇怪地发展到吃火柴，更莫名其妙的是她凭着这一头热倒是真成了小镇热门。作为童话，现在可以说是魔幻小说女主，吃火柴对她的身体似乎没有任何不良影响，可每日都会有人带着几盒火柴上门——哦对了，忘了说，现在人们将她送到了镇上一处闲置的木屋里——偏要看她吃几根才肯离去。她还是会苦恼，就算对她这个奇怪小孩来说，火柴与薯条无异，可作为一个女孩子一天吃这么多薯条终究不太好吧。

小女孩没想到，在流落街头那么久后，自己竟也会有这般甜蜜的烦恼。

5

这天，前脚刚送走啧啧称奇的邻镇老妇人，后脚便进来位熟悉的"客人"。

第一位发现她奇特能力的小男孩捧着一堆杂物走到桌前，好奇地问："你除了火柴，其他的也能吃吗？"说着便将一根蜡烛递到小女孩面前。

小女孩喝了口上一位老妇人送来的牛奶，接过了蜡烛。对于这个小孩，她还是很感激的。

是啊，自己既然能吃火柴，那别的是不是也可以？这蜡烛倒有些像长条的奶酪。在小男孩热烈的目光中，她尝试地咬了一口。好恶心的味道，小女孩咳着将蜡烛吐了出来。

那天，在小男孩失望地离开之后，小女孩感到了莫名的恐慌。

6

日子一天天过去，与逐渐暖和起来的天气不同，木屋却一天比一天冷清。

小镇平淡的生活出现了她，就像平静的湖水被扔了块石头，一时间确实激起了不小的水花，可石头终究会沉入湖底，平淡的日子终究会归于平淡。

当人们逐渐对吃火柴这一行为感到乏味甚至厌烦的时候，人们就想不如让木屋继续闲置着吧。

小女孩被赶出木屋后，她对镇里人却一点也怨不起来。毕竟这件荒唐事带来的荒唐的连锁反应，于她而言可以算是美妙的经历了。她很感激她能拥有吃火柴的能力，自己是不是所谓的上帝的宠儿呢？倚在某条小巷的角落里的小女孩，竟哧哧地笑了起来。

只是突然又有点想祖母呢。

7

两位刚下学的姑娘归家途中经过小巷。

"你瞧，那不是那位怪人吗？"

"嘻嘻，可不是吗，当时知道有人吃火柴能吃得津津有味，可把我乐得不行。"

不过驻足几秒便又手挽手离去了。

"回家前不如我们先去甜品店吧？"

"好啊好啊，春天来了，正是樱桃派最好吃的时候。"

小镇即将迎来初春的夜晚，于镇上绝大多数人而言，这不过是他们人生中无数个普通夜晚中普通的一个。

若偏要说有什么不同，大概是今天可能是樱桃味儿的。

))) 吃火柴的小女孩　07:16

骑电饭煲的女巫

文、莫城

今晚有糖吃吗

　　艾琳第一次飞过这片森林，是在她十七岁的时候。那时的她正在进行成为正式女巫的成人礼——独自骑着飞行扫帚飞满整整一千公里。

　　艾琳的妈妈告诉艾琳，当她飞过一片巨大的森林上空时，那就代表她已经飞了一半的路程了。艾琳俯身，飞到低空，扫帚的尾巴上挂着的七彩透亮的宝珠丁零当啷地响了起来，她紧紧握住扫帚金黄的把杆，口中默念着把杆上镌刻着的咒语，速度便缓了下来。她飞得极低，小鞋子竟能蹭过那些茂密树木顶部的枝叶，她的速度也不快，接二连三地有从树里冒出的鸟群从她身边经过。艾琳闭起眼睛享受起这份悠闲，她为自己已经飞过一半的距离而感到骄傲。

　　飞着飞着，艾琳感觉眼前的光线突然消失了，耳边传来一阵聒噪，她心中升起一丝不安，便忙睁开眼，却已经来不及了——眼前一棵巨大的老树封住了去路，而向她迎面飞来的是一群扇动着巨大翅膀的不知名的怪鸟。

艾琳慌得连咒语也想不起来了，扫帚一下子失去飞行的能力，她眼前一黑，掉进了森林。

艾琳被挂在了一棵树上，她的红布裙的肩带正巧挂在了两根伸出的树枝上，而她像一个洋娃娃似的，悬在半空之中。

她的扫帚不知掉在了什么地方，她在落下的途中听到了很多树枝折断的声音，她害怕她的扫帚也参与了其中。

艾琳绝望起来，她既下不来，也飞不了，她没有扫帚，她就是一个没用的女巫。她抬头看着头顶的阳光慢慢地消散，心里对即将来临的黑夜感到恐惧。

"我说，你还好吗？"不远处的密林里传出了一个男声。

"不好，你能帮我下来吗？"艾琳像是找到了救命稻草。

"好啊。"男人的话音刚落，艾琳便感到身后传来两声清脆的断枝声，随后身体一沉，她便直接落了下去，正当她吓得要叫出声的时候，两条结实的胳膊抱住了她。

艾琳倒吸了口气，从男人的怀中跳下来，她借着透过密林的一束光线瞧见了他的脸，随后便后退惊呼一声。

"你是谁？是人类吗？"

那人摸着头憨笑一声，说："当然啊，难道你不是吗？"

"我……我是女巫。"

男人若有所思地点了点头，从身后拿出扫帚，说："那这个看来就是你的喽？"

艾琳眼里亮起一阵光，可那光又很快地灭了下去，因为那扫帚分成了两截，被握在男人的两只手上。

艾琳一下子瘫倒在地上，她想着自己的成人礼算是完了，便哭了起来。男人站在一边看着尴尬，也不知说什么好，手里的两截扫帚显得越发沉重，他丢掉扫帚，摸摸脑袋，随口问艾琳：“那个，你饿了吗？要不要吃饭？”

“我不饿！”艾琳大吼，可是刚刚吼完，肚子却叫了起来。艾琳咬着嘴唇低头抽泣，不好意思地看着男人，男人笑着从地上把艾琳扶起来，看她哭得虚弱的样子，又把她背了起来。

“先吃吧，吃饱了哭得有劲！”

“哎，为什么你做饭这么好吃啊？”艾琳喝完最后一口汤，幸福地抹了抹油滋滋的嘴巴。

男人收拾着碗筷，笑着说：“我是厨子啊。”

“什么是厨子？”艾琳歪着脑袋问。

男人一愣，想了一会儿说：“就是，专门做好吃的饭的人。”

艾琳叹一口气说：“我们那儿就没有厨子。”

“为什么？”

“我们有魔法，魔法可以让肚子不饿。”

“你们女巫真奇怪。”

艾琳噘着嘴，喃喃自语：“挺羡慕你们人类的啊，可以天天吃这些。”

“那就留下来吧。”

艾琳留在了森林里，男人每天为她做饭：可以是林里长的新鲜的野果，男人摘一筐，洗干净，或切成果盘，或做成甜腻的派；可以是山里奔走的野兽，猎到一只，男人用那把老旧的菜刀将其分割，或烟熏，或炙烤；也可以是山里甘洌的泉水，打上一桶，或做成好酒，或做成鲜汤。

艾琳对男人说："在这吃得我都快忘了我是女巫了。"

"那就一直这样下去吧。"

艾琳吃遍了林里的味道，她依然没有厌倦食物的美妙，只是每当吃完，她都会对着天空发起愣来。

她想起在天上骑着扫帚的日子，想起风吹的凉意、地平线的壮阔、鸟群的鸣叫。

男人看出了她的心思，便问她怎么帮她。

"我需要金龙漆在飞行器上写上咒语，这样我便可以飞行了。"

"金龙漆怎么弄？很贵吗？"

"我也不知道，听妈妈说是一条巨大的金色的龙的血，可我连龙都没见过。"

男人一惊，却还是冷静地说："我见过。"

艾琳兴奋了起来，她热烈得像一团篝火，她拽住男人的臂膀，让他告诉她金龙的事情。男人看着眼前的艾琳，沉默了许久，他站起来望着窗外，看着明月照耀着的这片茂盛的森林，他又转身，望着艾琳眼里闪烁的星辰，两者相比，他的心里一下有了答案。

男人告诉艾琳他会带来她要的金龙漆。

艾琳问他怎么弄，他说宰了那条龙。

艾琳有些诧异，而男人举着菜刀笑着对艾琳说："放心吧，我的刀很快的。"

临行前，男人给艾琳做了很多食物，厨房里几乎都摆满了。艾琳高兴得不得了，环住男人的脖子，亲了他的脸颊。

"你真好，给我做这么多吃的，还要去弄金龙漆，等我成

骑电饭煲的女巫

了真正的女巫，我一定给你变好多你想要的东西。"男人低头吻了艾琳的额头，微笑着望着她，嘴唇微动，却没有说出话来。

男人清晨便出了门，黄昏的时候回来了。他满身的金色血液，像一尊行走的佛像。

"金龙漆来了，你选一个你想要的飞行器吧。我家扫帚还是很多的。"男人脸色苍白，可是笑容却与往常无异。

艾琳摇了摇头，跑到厨房，笑着捧出他的电饭煲。

"我要这个。"

艾琳蘸着男人身上的血液，在电饭煲上写下咒语，电饭煲立马显出金色的魔气。

当艾琳笑着转过头，却发现男人不见了，头顶的灯也灭了，地上只有一摊金漆。艾琳跑出去喊着男人的名字，骑上电饭煲在森林里找他，可是无论怎么做，都没有看见他，就好像他从来没有存在过。

艾琳等了一夜，早上挂着满脸泪痕，骑着电饭煲继续去找，她升到半空便看见远处有一个人影，想不到那竟是妈妈。

妈妈的扫帚金黄巨大，尾部挂满钻石灵珠，她站在扫帚上，威严无比。

"艾琳，你怎么哭哭啼啼的？"

"妈妈，我在找一个人，你能帮我吗？"

妈妈摇头，说："只是一个人类，艾琳，你是女巫。"

艾琳心里一凉。

"快去完成成人礼，还有，你坐的这是个什么玩意儿？"

艾琳再次飞回这片森林的时候，已经一百一十七岁了，那是她正式成为女巫的第一百年。

这些年她一直骑着电饭煲到处飞行，她的电饭煲里总有各样的吃食，别的女巫不理解，明明有魔法可以让自己不饿，却用这种烦琐的人类方法。

她不解释，也不生气，她不需要谁来懂。这一百年来，她了解了很多事情，有些事情明明可以让自己很愤怒，可是到现在也都平平淡淡了，就像她知道男人其实就是金龙的化身，而金龙的死便是男人的死，让她坠落在森林里也是族里搞的鬼，女巫一族一直与金龙不和，她也不过是两者相争的一枚棋子罢了。

她拒绝了女巫族赠予她的流彩扫帚，逃离了族群，成为一名野巫。一百年来，她游荡世界在各地，看遍无数偏奇的魔法，终于寻到了她想要的那一种魔法。

如今她站在与男人生活过的屋子里，看着积攒着百年灰尘的屋子，心里却平静如水，她口中默念着咒语，一挥手，眼前便出现了百年前的光景：十七岁的艾琳和男人相拥，男人吻着艾琳的额头。

一百一十七岁的艾琳的脸上滑过一滴浊泪，她望着过去的男人，百年的深情在魔法中穿梭，终究化成她苍老而颤抖的话语。

"我现在是女巫了，你想要的，我变给你吧。"

骑电饭煲的女巫　12:56

王子与野兽

文、栖迟

1

麦田国的东边有片黑森林，黑森林的中央云雾缭绕，藏着一座古堡。

大家都说，古堡深处住着一只可怕的野兽。传闻它黑面獠牙，双目猩红，凶残狡诈，专吃年轻俊美的男子，将他们剥皮剔骨，啃尽血肉。所以那些王子宁愿翻三座山去屠龙，也不愿靠近古堡半步。

"嗷呜……"野兽在每个有月亮的夜晚这样哀号，"我好想谈恋爱呜。"

没有人知道，古堡里的野兽其实有着一身漂亮的皮毛，莹绿眼眸，脑子凑合，做过最坏的事就是踩烂园丁刚种的花苗。

2

有的王子想去屠龙，有的王子想要出征，有的王子想娶公主，可麦田国小王子的梦想是当个种花的农民。麦田国从没出过这样没出息的王子，于是国王一怒之下，将他逐出了王宫。

小王子被赶出来的那一天正巧碰上暴雨天气，雷声轰隆隆炸在耳边，小王子脑袋发蒙，糊里糊涂地躲进了一座阴森的古堡。

"吱呀——"小王子身后的门轻悠悠地打开，他跌在地上，有只爪子摁上他的胸膛。

"你是谁？"那是一个细细的声音。

"我是……麦田国的小王子。"

"你是王子？！"一双绿莹莹的眼睛在黑夜里浮出来，小王子吓得手脚冰凉。

野兽激动得爪子发抖，这么多年了，苍天啊，它终于见到了一个活的王子！

吓得安静如鸡的王子终于反应过来，这里是传闻中的古堡，眼前的"绿眼睛"是一只吃人不眨眼的野兽！

"我问你一个问题，你要老实回答。"野兽这样问他。

"你你你你问吧。"小王子非常紧张，猜测着野兽要问他什么问题。是问城堡金库的钥匙在哪儿呢，还是问他身上哪块肉比较好吃？但其实他最担心的是被问"你的梦想是什么"，这样他就得再一次承受无情的嘲笑。

"你妈让你早恋吗？"对面传来闷闷的声音。

"不好意思，麻烦你再说一遍。"小王子怀疑自己没听清。

"你，妈，让，你，早，恋，吗？"野兽一字一顿地重复。

"……"小王子惊呆。这野兽要吃人就吃人，怎么还八卦起来了呢？

野兽见他不说话，爪子往后挪了挪，身子前倾，一张脸从黑暗里探了出来。野兽歪着脑袋问道："你考虑考虑我怎么样？"

刺激，真的刺激。

小王子飞速地回答："我妈说了，王子要有远大志向，早恋还是不了吧。"

3

没有人知道，古堡里的野兽其实是条漂亮的小狐狸。

小狐狸的母亲是个游历四方的女巫，在她离开古堡时，曾这样严肃叮嘱她："早恋是一件非常罪恶的事情，所有的母亲都不会允许自己的孩子早恋。你明白吗？"

小狐狸像缝纫机一样点头，可女巫却说："我要给你下一个咒语。在我回到城堡以前，你都只能是条狐狸。除非有——"

"有一个王子给我真爱之吻！"小狐狸唰的一声举起爪子。

"不，"女巫摇摇头，说道，"除非有一百位王子愿意送你玫瑰。"

小狐狸咚的一声晕了过去。放眼这小小的国家，连十个王子都凑不出，更何况，他们都忙着打架屠龙追公主，谁会想不开去给一只狐狸送花？

有个禁止早恋的家长，真令人感到悲伤。

在单身了十八年之后，没脑子的小狐狸终于遇见了一个没出息的小王子。听闻小王子的志向是当一个花农，小狐狸开心得蹦来跳去，真诚又响亮地夸赞道："了不起！有志气！能不能带上我一起去种花？"

小王子红着脸说："所有人都说我是没出息的王子……你真的觉得种花了不起？"

小狐狸把头点得像个缝纫机，心里盘算着，就算没有一百个王子送她玫瑰，有一个王子送她一百朵玫瑰那也是美滋滋。

4

麦田国的西边有座白雾山，山上住着恶龙，山脚有大片花田。

小王子带着小狐狸，在山脚住了下来。

听闻小狐狸的梦想，种花的小王子没有给狐狸送花，却为她开了一家花店。每一个来屠龙的王子经过花店，小王子都会对他们说："朋友，买枝花吧？凯旋的时候，你可以把这朵见证胜利的花送给你想追的姑娘。看在大家都是王子的份上，我不收你钱，只要你从店里挑朵玫瑰，送给那边那只小狐狸。喏，就是那边玩泥巴踩花苗的那只。"

天长日久，屠龙的王子来了一批又一批，小狐狸终于收满九十九朵玫瑰。最后一朵玫瑰是小王子亲手送的。小狐狸欢快地叼过玫瑰，变回了穿着红裙的小公主，漂亮的卷发，莹绿的眼眸，看呆了面前的小王子。

"你妈让你早恋吗？"狐狸公主歪着脑袋问他。

"让……吧。"小王子红着脸，小声地回答。

王子与野兽　07:10

王子与野兽

• 101

公主的哑巴

文／山城

1

很久很久以前，有一个巨大的王国，王国里有位美丽的公主，公主有一个很英俊的护卫。只不过奇怪的是，公主的护卫是个哑巴，而且没有文化。

你说为什么一个文盲哑巴能当护卫？那是因为很久之前，公主私自一个人溜出城堡，被一条巨龙掳走，然后被哑巴所救。醒来的公主带着哑巴回了城堡，国王这才赏给了他护卫一职。

其实公主知道哑巴不一直是哑巴，偶尔也会说话。不过每次只说一个字，每说一字隔一年，似乎连起来是一句什么话的样子。

哑巴当公主护卫的第一年，那年公主过生日，哑巴采了朵花，递到公主身前，说了个"给"。公主好奇哑巴怎么张了嘴，但之后怎么问哑巴，哑巴都是一副茫然的样子，仿佛不知道自己说了这句话。

哑巴当公主护卫的第二年，公主过生日那天，国王觉得公主年纪大了，应该嫁人了，就举办了场抛绣球选亲。在场的诸位都是重臣的子嗣或者邻国的王子，一个个抬起眼等着抢绣球。这时候负责安保的哑巴突然张了嘴："我！"公主心一热，便把绣球给了他。

哑巴当公主护卫的第三年，因为瞎抛绣球惹得国王生气的公主，已经被关了一年的禁闭。终于到了生日那天，公主对哑巴可怜巴巴地说："能不能帮我逃出去？"已经一年没有说话的哑巴再次张了嘴："好。"于是在那天晚上，哑巴带着公主翻出城墙，远远地逃离了那个国度。

哑巴当公主护卫的第五年，是他陪在公主身边的最后一年。

2

公主觉得自己快要累死了。然而她还是不敢停下。

因为她的身后有条龙。

哑巴牵着她的手疯狂地跑，她很想问哑巴："你以前不是能杀龙的吗？怎么现在杀不了了？"

终于，两个人跑进了一个山洞，洞外巨龙在愤怒地嘶吼，不一会儿就能钻进洞里杀掉两人。

公主心想反正最后了，索性眼一闭心一横，对着哑巴说："哑巴，我们都要死了，我问你一件事，你要老实回答我。"

哑巴点了点头，眼里有些犹豫。

"你把我当成你的什么？"公主的脸红得通透。

"妈。"哑巴说了话。

仿佛世界都安静了。

公主哇的一声大哭起来，对着哑巴就拳打脚踢："我把你当男朋友，你居然把我当妈！人渣！"

忽然，她发现一只温热的手掌盖在她的头上。

她抬眼看，发现是哑巴。哑巴冲她笑了下，然后扔下长剑出了洞穴。

然后她就看见哑巴腾地变成了一条巨龙，和那条龙撕咬在一起。

3

哑巴不哑，他就是怂。

怂到看见漂亮的公主就一见倾心，怂到把她绑走却不知如何是好，怂到没勇气去打倒别的巨龙英雄救美，只能自己变成人身滥竽充数。

可是龙终究不会说人话，写不了人的文字。哑巴倾尽未来千年寿命，向命运之神乞求，只求得一年说出一个字的机会，而且会在他意识不到的情况下，以最不会被人注意的形式说出来。

一生换一句话，这么怂的哑巴居然做了。

然而今天他觉得自己和她要死了。哑巴觉得自己死可以，她不行。

于是哑巴便舍了五年说出的五个字，让自己千年寿命付诸流水，重新化成一条龙，挡在了公主身前。

一番死斗之后，奄奄一息的哑巴咬着那条死龙的脖颈，眼睛向后看向公主，他松开嘴，摇摇晃晃地走过去，企图给她一个最后的拥抱。

然后一支箭射进他的身体，两支箭射进他的身体，千万支箭射进他的身体。巨龙的搏斗终于引起了人类的注意，前来的将军在远处认出了失踪的公主，下令射杀巨龙。

4

公主终于想起来哑巴要对她说的是什么了。很多年前，在两个人第一次见面那天，哑巴带她上马，喊了声"驾"。

公主终于意识到哑巴要对自己说的话，可是他再也听不到自己的回答了。

公主回了家，却哑了。

她流干了所有的泪，发不出任何的声音，除了一个特别的音节。她的脑海里再也记不住任何诗句，除了一句话。

"嫁给我好吗？"

"好。"

"好。"

"好。"

公主的哑巴　　07:36

小王子的『小人鱼』　文／月盐

1

小王子躺在床上，想着来做客的那漂亮而无趣的邻国公主，又看见床头几本烫金封面的书，不由叹气："为什么书上的王子，要么就是去森林古堡中冒险时遇见了沉睡的美人，要么就是前往深山与恶龙作战救出被掳走的爱人，而我这个王子要接受父母安排的政治婚姻？唉……"

他望向窗外，夜色中的大海平静而幽深，仿佛美丽的宝石。

"救……救命——"翻涌的海浪间，小王子徒劳地呼救。

深夜，小王子偷偷逃出了城堡，驾起一艘小船，准备独自前往传说中神秘的海岛冒险，却突然遭遇海上的风暴。

体力几乎耗尽，小王子的意识渐渐模糊了，而这时，他似乎感到自己被一双手托了起来，随即整个人便放松了。

"醒醒！快醒醒！"不知过了多久，小王子睁开眼，就看到了邻国公主的脸，天已经亮了，而身下是柔软的沙滩。

"我还活着……"小王子又昏了过去。

2

小王子醒过来后，王后抱着他哭，又说是邻国的公主救了他，让他去道谢。而小王子却怎么也忘不了，海浪中托起自己的那双手。

这时两个仆人路过，小王子听到了他们的谈论。

"新来的那个哑巴姑娘，看着好可怜。"

"是啊，一句话也不会说，幸亏国王陛下人好，同意管家收留她。"

哑巴姑娘？小王子突然想起了自己看过好几遍的那本书——为了爱情，甘愿失去声音而变成人类的小人鱼……

小王子焦急地问："她在哪儿？"

小王子见到了哑巴姑娘，轻声问她："你能不能听见？"

哑巴姑娘并没有故事中的人鱼公主那样绝美，但在小王子的心里，比完美无缺的邻国公主看着要亲切可爱得多。她点了点头，看起来还有些紧张。

小王子又问："是你救的我吗？"哑巴姑娘却是一脸茫然。

小王子递给她纸与笔："你想说的话，你可以写出来。"哑巴姑娘摆了摆手，将纸与笔还给了小王子。

她是人鱼，自然不会人类的文字了。小王子想着，开口道："我教你读书写字吧！"

3

哑巴姑娘很聪明，没几天就学会了基本的读写。小王子时常愿意与她在一处，即便是两个人静静地看书，也可以待上一整天。有一天，小王子鼓起勇气握住了她的手，哑巴姑娘浑身一震，却没有抽出手来，脸渐渐红了。

小王子觉得自己不能再逃避下去，便拉着哑巴姑娘的手，前去找了邻国公主。

小王子对邻国公主讲了真相，又说道："她是人鱼，却为了我变成现在这个样子，而我真心喜欢的是她，所以很抱歉，我会去和伯父伯母解释……"

公主看着窗外的大海，表情一片平静："不，我会去拒绝掉婚事的。我明天就走。"

哑巴姑娘却有点发抖，这几天她看过了小王子的书，再结合他现在对公主说的话，她总算知道，小王子这些天有时候对自己所说的莫名其妙的话是什么意思了……

夜晚，哑巴姑娘约小王子到沙滩上，含着眼泪将一封信递给了小王子。

"对不起，我配不上你，我不是什么人鱼公主，只是一个流浪到这里的哑巴。"

小王子看着她歪歪扭扭的字迹，温和地笑了起来："刚刚的话，是我搪塞邻国公主的。我真心喜欢的，是你这个人本身，而且我病完全好起来后，就相信没有什么人鱼了……"

一个清脆的声音打断了他："喂！你这个没良心的！"

小王子与哑巴姑娘都吓了一跳，扭头看见一个容貌绝艳的姑娘伏在海边的礁石上瞪着小王子。而她腰部以下，却是一条鱼尾。

小王子惊异地说："你……你是人鱼……"

一道光芒闪过，人鱼姑娘叉着腰站在他们面前，身上穿着一件贝壳与海藻编织成的长裙，而鱼尾却变成了一双笔直的长腿，怒气冲冲地说："喂，人类！我那天好不容易把你救上岸，你现在却说没有人鱼，真是没良心！"

小王子的眼睛都要掉出眼眶："你可以变成人……"

人鱼姑娘扑哧一笑："你真信了那些瞎编的童话了吗？我们人鱼族的法力可是很强大的，变成人形轻松得很，而且，"人鱼姑娘的眼睛转了转，"让一个哑巴开口说话自然就更简单了。不过你得答应我一个条件。"

小王子握紧了哑巴姑娘的手，大喜道："什么条件？"

人鱼姑娘说："那天救你上岸后，我看到岸边有个漂亮的小公主，就把你交给了她。我和她聊了几句，很是聊得来呢，可我之后就没见过她了——现在你告诉我，她在哪里？！"

小王子的"小人鱼" 08:12

公主和王子的婚后生活　文／幽幽之叶

"英俊的王子打败了大魔王，从此公主和王子幸福地生活在了一起。"

王后看看床上熟睡的小公主，轻轻放下手上的故事书，顺便替她盖上被子才回到自己的房间。

卧室的床上，国王张着大嘴打着呼噜，丝毫没有了以前潇洒的样子。

王后翻来覆去，却被吵得怎么也睡不着，她便坐起来一个枕头砸了过去。

国王愤怒地醒来，捂着被砸肿的眼睛瞪着王后，可王后却懒得搭理他，舒服地躺在床上，很快进入了梦乡。

这回换作国王睡不着了，他独自走到花园里坐下。有一个小宫女凑上前来给他斟上了满满一杯茶。

国王看着眼前秀气的少女开始思考，自己什么时候再纳个小妾呢？

第二天一大早，王后便在宫女们口中听到了各种谣言：

"昨晚国王在花园里搂着一个宫女的腰。"

"天啊！听说国王还亲了她！"

"当时我就在草丛后面，亲耳听到国王说纳她为妃！"

王后一口气堵在胸口，她抱起小公主就出了王宫。

"母后，我们要去哪里？"小公主忽闪着大眼睛，颇有王后年轻时的神态。

"回你姥姥家！"

穿过这片黑森林便是目的地了，王后牵着小公主加快了脚步。

"站住！住……"一个魔性的声音回荡在黑森林里。

"是大魔王！"小公主认出他，因为他高大威猛的样子同书里画的一模一样。

"我亲爱的公主，十年了，我终于又等到你了！哈哈哈……"大魔王魔性地笑起来。

"可是我今年才九岁。"小公主躲到王后的身后，只探出一个头。

大魔王这才打量起小公主："你不是她，可你为何同她如此相像？"

"你说的是我吗？"沉默了半天的王后这才出声。她早就认出了眼前的人就是十年前绑架她的大魔王。

大魔王仔细端详着王后，半晌他才相信眼前胖乎乎的妇人便是他心心念念了十年的公主。

大魔王很生气，他觉得自己的感情被欺骗了。他吹了一口气把王后和公主绑了起来。

在大魔王唉声叹气了一个时辰之后，国王骑着马匆匆赶来，有两个士兵凑过来猫着腰，国王踩着他们才从马上下来。

大魔王看着面前拿着宝剑的啤酒肚大叔，不可置信地问："你是王子？"

国王举起剑："废话少说，放了我的妻儿！"

大魔王不屑地看着他胸口被撑开的那颗扣子，冲他勾了勾手。

两个人就这样打了起来，不一会儿国王就被大魔王打倒在地。

一群士兵上前却被国王制止："我的妻儿我自己救！"说完他翻身继续冲向大魔王。

王后看着国王狼狈的样子，虽然他没有了十年前灵活的身手，但王后觉得自己沉寂了许久的心又恢复了十年前的悸动！

她用力挣断绳子挡在国王面前。

"雪雪，你没有受伤吧？"国王拉起王后的手。

"没有，你呢，匹匹？"王后抚上国王光秃秃的头顶。

"为什么要离开我，雪雪？我和那个宫女什么事也没有，我……"

王后堵住了国王的嘴："别说了，我相信你！"

"雪雪！""匹匹！"

大魔王看着地上腻腻歪歪的两个人，嘴角抽了抽，他转过身解开了小公主身上的绳子，叹了口气说："你们走吧。"

国王拉着王后，王后抱着小公主，一家三口慢慢走出黑森林。

既然公主过得很幸福，那他也应该放下了。大魔王觉得心里空空的，他呆呆地看向国王他们离开的方向。

突然，趴在王后背上的小公主抬起头来，隔着老远同大魔王对着口型。

大魔王顿时愣在原地，脑中炸响无数烟花，那口型分明说的是：大魔王，十年之后我再来寻你！

))) 公主和王子的婚后生活　06:16

话聊铺子

文／姚七岁

女巫是这个城市里最负盛名的女巫。

她的话语有魔力，可以抚平受伤的心灵。她在市中心开了一家小小的话聊铺子，专门接待心事重重的人们。

女巫努力地保持微笑，面对每一位充满戾气的受伤者柔声安慰，直到他们笑容满面地走出铺子，一句感谢的话都不留。

每晚打烊时候，女巫就会看着桌上的水晶球发呆，她在这里待了几十年，接待的顾客没有一万也有八千。

上千条的心事密密麻麻充斥在店铺桌子上的水晶球里，形成千百个虚拟的幻境：家庭主妇哭诉出轨的丈夫，年迈的母亲痛斥孩子的不孝，年轻的孩子控诉父母的虐待……

前来拜访的顾客都是带着一身阴沉而来，久而久之连女巫自己都不相信这世界上是否还有美好可言。

是的，她的话语虽然有魔力，但是无法拯救被这些噩梦伤到的自己。

她有时候会与水晶球说话，水晶球沉默地旋转着像是这屋子里最好的倾听者。

此刻是打烊的时候，女巫拄着拐杖照例准备翻动门上的营业牌子。翻到一半，门外响起了急促的敲门声。

女巫不想理会："对不起，打烊了，请明日再来吧。"

"我不是来买东西，我只是来躲一阵。"隔着一扇门女巫都能听见外面男人粗重的喘气声。

她权衡再三，还是将来人请进了屋子。

来人满头大汗也来不及擦，直接躲进了女巫的办公桌底下，临躲起来还对女巫做了一个"嘘"的手势。

之前就说过，女巫是这个城市最富盛名的女巫，所有人都认得她。

女巫只是泡了杯咖啡，就听见门被踹开的声音，她慢悠悠地出来，只见几位彪形大汉拿着棍子站在门口。看到女巫他们愣了一下。

女巫微微欠身："几位先生，今日已经打烊了，你们有什么需要恐怕要到明天再说。"

几个人得了可下的台阶，忙不迭说着明日再来便退了出去。

门被关上，男人从桌子底下爬了出来，他这才有空擦擦脸上的汗，将怀里的包裹扔在桌子上："一个玩笑，追着老子跑了一路。"

女巫喝一口咖啡，往桌子上瞟："该不是你偷了人家什么东西？"

"冤枉啊，我来到这地方人生地不熟的，我就想找个安分工作还被人骗去赌博，要不是我机灵，我指不定被关在那地底下做什么呢。"男人说着解开桌子上的包裹，哗啦啦一条项链缠在苹果上滚出来。女巫眉头皱了皱。

男人显然看出女巫的嫌弃，连忙解释："婆婆，这些都是我的东西，这还不是全部，剩下的都让他们抢走了。"

"那他们为什么还追你？"

男人突然窘迫起来，挠了挠后脑勺："哈，我气不过，摸了一把赌场主女儿的屁股。"

男人着实是个心性单纯的男人，难怪会被骗到赌场里去。女巫听着男人说自己的经历只觉得他有些可爱。

咖啡杯已经见了底，她准备去泡另一杯，男人见她起身的动作立刻拦住她："婆婆，您年纪大了，还是多喝点牛奶好。"咖啡杯被转移到男人手里，他熟门熟路地摸到厨房，女巫就坐在店面的小沙发上，借着墙上的镜子看着高高大大的男人在狭窄的厨房里守着灶台上坐着的奶锅。

厨房着实太狭窄，男人又没什么经验，磕到烫到好几次，千辛万苦才端出来一杯温热的牛奶，放了一点糖，却还是盖不住焦煳的苦味。

他不好意思："我不太会弄……"

"没关系。"女巫拿过来喝下，男人就在店里转悠，看着墙上女巫和顾客们的合影。

他指了指女巫和一个脸上满是伤痕的女子的合照："她怎么了？"

"丈夫家暴。"

"直接打一顿就好了。"

"后来真的被打了一顿。"女巫咽下最后一口牛奶，"莫名其妙被打了一顿，回来之后就乖乖与妻子办了离婚。"

"大快人心是不是？"男人抱臂靠在墙上。

"是啊。"女巫叹气，"后来那女人还回来感谢我，说如果没有我，她的生活只怕会更惨。"她说着眼皮有些打架，今日的困意似乎比以前来得更快一些，她想也许是因为自己年纪大了。

夜已经深了，男人看着面前头发花白的女巫，从房间里拿了一张毛毯给老太太盖上，又细心地检查了一遍门窗是否漏风。

他走到办公桌前，拉开抽屉，里面放着一张薄纸，上面的话语很少，唯有标题的"遗言"两字扎眼。

借着昏暗的灯光，男人读过一遍遗言，从兜里拿出打火机点了纸张的一角。男人不担心女巫会醒，牛奶里有他千辛万苦求来的药，助人安眠还能做一个长久的美梦。

婆婆这几年着实是太辛苦，他所能帮的也就只是让她忘掉所有的噩梦。

他今天也是很累，不光求了药，他还去揍了一个今日前来哭诉家暴的当事者丈夫一顿，应该几日后离婚就会办成了。

男人的身体逐渐变得透明圆润，一颗水晶球安稳地落在桌上的天鹅绒里。

"婆婆，祝你好眠。"它轻轻地说。

话聊铺子　　06:41

王子

文／嗷呜

1

王子落水了。

这不是什么大事，这片海域浪高风急，每个月都要掉那么十来个王子。

这位，是这个月第五个。

小美人鱼摆动着鱼尾，灵活地避过漂来的一块块破碎木板。她拽着王子的领子，奋力将他拖到了沙滩上。

月色下，王子面色苍白，嘴唇冻得有些发紫，一身华丽的礼服泡得皱巴巴的，模样甚是凄惨。

小美人鱼啧啧叹了两声，从随身携带的贝壳里掏出把卷尺，拉开，俯身。

"身高一米八八。"她满意地点头，"符合Ｙ国公主的条件。"

时代在进步，伙食条件改善后，王子们的身高也一路拔高，这个月落水的五个王子身高都有一米八八，达到了高富帅的标准高度。

只希望这位除了身高，其他方面也能到位，别再像前四位一样被退了货。

小美人鱼打了个哈欠，拿出传音海螺，给 Y 国公主传了个口信。

2

距离王子跟美人鱼的故事已经过去了很久很久，而那本发黄的手抄本童话小册子也作为教科书进了人鱼学校。

当然，是反面教材。

人鱼教师敲着黑板画重点：再有落水的王子都不准救，你们都要离王子远一点！

全班点头。

唯独小美人鱼咬着笔杆，关注点独特：王子不能跟美人鱼在一起，但可以跟公主在一起啊！

小美人鱼眼前一亮，回去后立马找了块小木板，歪歪斜斜地写上"美人鱼婚姻事务所"几个大字后，广告单便铺天盖地飞向各个公主的城堡。

她自己则日日夜夜守在险滩旁，将落水的王子营救上来，再通知公主前来，若是看对眼了，便假装是公主救了王子……

可若是没看对眼……

小美人鱼叹了口气，Y 国公主的挑剔是出了名的，这个月的前四个王子都没能让她满意，也不知道这第五个会怎么样。

她戳了戳王子白皙的脸颊，鼓起的腮帮子微微发红——这人长得比前几个都好看，应该能成吧？

3

小美人鱼等了半天都没能等来公主，却等来了一只海怪。

月夜下，巨大的海浪气势汹汹地席卷而来，眨眼间便吞噬掉大片的沙滩，浪花里头，隐隐约约现出一只八爪怪物的身形。

小美人鱼傻了，海怪是她特地请来掀起巨浪，打翻王子游船的，现在怎么会突然袭击自己呢？

海怪已经近在咫尺，小美人鱼来不及多想，再一次拖起王子，尾巴快速地左右摆动，在沙滩上画出一道长线后，扑通一声跃入水中。

情况紧急，小美人鱼只得带着王子暂时躲到自己家里，她给王子施了能在水中呼吸的魔法，却还是有些担心。

美人鱼不准救落水的王子！美人鱼要离王子远一点！而王子……王子醒来后发现自己在海里会有什么反应？看到一条美人鱼会不会再次吓得晕过去？

小美人鱼吐出一串串水泡，在房间里烦躁地游来游去。她正抓着自己海藻般的长发，冷不防听见一声轻微的响动。

小美人鱼回头，王子正站在她身后。

优雅的金发在水中飘扬，王子笑眯了眼，露出一口洁白的牙齿。

"你好啊，我是附近国家的王子。"

4

这个王子跟故事里的王子有点不一样。

他会做饭，麻辣小龙虾、松鼠桂鱼、凉拌海藻、蒜蓉扇贝，连续半个月都不带重复。

他还会打扫卫生，拿着抹布就把小美人鱼家里清洗了一番，传音海螺都擦了三遍。

他力气还大，帮小美人鱼救其他落水的王子时气都不喘，轻轻松松就把人捞了上来。

小美人鱼掰着指头数着王子的优点，越数越难过，她舍不得把王子介绍给 Y 国公主了。

可是来不及了，Y 国公主已经来了，她捏着裙角站在沙滩上，笑容得体地听着小美人鱼介绍王子的情况。

公主对这次的王子十分满意，然而当给小美人鱼送午餐的王子拎着三文鱼便当款款走来时，她却瞪大了眼睛。

"怎么又是你？"

公主一跺脚，气呼呼地跑远了。

小美人鱼一愣，转过身，正巧看到王子涨红了脸，心虚地望着她。

5

王子头一回落水时，意识还是清醒的，他看到了一只小美人鱼，拖着自己上了岸。

王子与美人鱼的爱情故事！他这样想，睁眼时身边却站着 Y 国公主。

王子很烦恼，他头一回喜欢姑娘，还是条小美人鱼，小美人鱼还不按套路走。

为了能见上小美人鱼一面，王子易了容，一次又一次地从这片海域经过，一次又一次地被小美人鱼救起来……

就这样在海水里泡了四回后，王子终于想出了个办法。

第五回落水时，他悄悄给海怪塞了两袋金币……

小美人鱼明白了，难怪这个月救回的每个王子都是身高一米八八，难怪Y国公主每个都看不上眼，难怪雇来的海怪突然袭击。

看着王子紧张的表情，小美人鱼有些害羞，又有些担忧："可是，童话故事里，王子跟美人鱼都没有好结果的……"

"这个啊，"王子揉了揉自己的金发，利落地脱下已经皱巴巴的礼服，露出了里头的背心短裤，他大咧咧地将礼服往海里一抛，"现在我不是王子了。"

小美人鱼呆住了，王子却捧着三文鱼便当送到了她面前，他的声音在海风里清脆悦耳——

"我会做饭，会打扫，力气还大，你要不要考虑一下，请我当你的助手？"

王子　09:02

老王子

文／雀凉

1

我在公园附近碰到了它。

其实我今天没打算出门的，但是奶奶嫌我总是宅在家里缺少锻炼，她一边说着："你看看你每天微信运动都是几十步，你自己不觉得丢人吗？"一边把我赶了出来。

我沿着马路走啊走，忽然听到了说话声。

"找不到，怎么还是找不到？"

声音是从旁边的草丛里传来的，我屏住呼吸四下张望，在低头的瞬间看到了一对大眼珠子，一只癞蛤蟆从我旁边跳了过去："你差点踩到我知不知道？"

我呆呆地看着它："癞蛤蟆，说话了。"

"怎么小小年纪眼神就不好使呢，"癞蛤蟆有点生气，"我是青蛙，不是癞蛤蟆，看清楚了，我身上没有包。"

我忽然想起来几年前特别喜欢的一本童话书，后来不知道被我丢哪儿去了。书上有一个青蛙王子的故事。公主亲了青蛙一口，青蛙就变成了英俊的王子。

我眨眨眼睛，满怀期待："那我亲你一口，你能变成王子吗？"

"不能。"青蛙翻了个白眼。

"为什么？"

"又一个看书看傻了的，"它这样嘀咕着，没好气地跟我说，"书上都是骗人的。"

它的直白让我有点不高兴："你就不能骗骗我，维护一下我的天真吗？"

"不，老子发誓不骗人了。"

"你占我便宜！"

"谁占你便宜了，"青蛙不屑道，"我的年纪当你爷爷都够格了。"

"呸，我看过动物世界，里面说青蛙只能活几年，你怎么可能比我大？"

"我是普通的青蛙吗？我能说话，普通的青蛙能吗？少拿普通青蛙跟我比！"

我想了想觉得挺有道理，于是换了副恭敬的语气问："那你能活多久啊？"

青蛙认真地思索了一会儿，抬头跟我说："我算了一下，大概还能活两三天吧。我不太有时间概念。"

"？？？"

看着我震惊的眼神，青蛙无所谓地说："其实活太久了，死了也挺舒坦的。守在池塘边吃顿虫子大餐，再泡个澡，睡一觉就都过去了。"

我左顾右盼："可这附近哪有池塘啊？"

"我不是这附近的，我只是来这边找个人。"

"找人？找谁啊？"

"一个小姑娘，"我好像看到青蛙的脸可疑地红了，"我有次追虫子追到公园遇到的。她总来陪我说话，但是我骗了她，我告诉她她亲我之后等一个星期我就能变成王子。"

"你为什么要骗她？"

"谁会愿意总跟一只青蛙待在一起啊，"它有点难为情地说，"我没有朋友，就想让她多陪陪我。"

"那后来呢？"

"后来有一天她问我怎么还没变，我当时心情有点差，就说她丑，说她脾气坏，所以我才变不了。我们不欢而散，她再也没来找过我，我找过她几次也没找到。"

我说："真遗憾。"

"没关系了，她应该也过得好好的，说不定早把我给忘了。"青蛙说着，忽然歪头问我，"小姑娘，你还能活多久？"

"不出意外的话……好几十年吧。怎么了？"

"我住的池塘离这里太远了，光赶回去就得一天，今天应该是最后一次来这里了。我要找的那人和你年龄差不多大……你要是看到她，帮我带几句话给她吧。"

"好的。"

我答应了之后，青蛙一下一下地跳远了，它跳得有点吃力，看来是真上了年纪。

2

我一路都在想着青蛙的事，回到家，奶奶正在摇椅上闭目养神，手里还夹着一根烟。

"奶奶你少抽点吧，这样对身体不好。"

奶奶气定神闲地翻了个白眼。"我都抽几十年了，现在不还活得好好的。"她嫌弃地摆摆手，"进屋看你的书去吧。"

摊上一个这么酷的奶奶，我能有什么办法。我无奈地撇撇嘴，刚打算进屋，忽然想起了一件事。

我的童话书没有丢，是奶奶给藏起来了。

我还记得她当时没好气地说："童话里都是骗人的，你别看了这些以后整天心里想些有的没的！"

"奶奶，"我听到自己有些颤抖的声音响起来，"你有没有遇见过一只……一只会说话的青蛙？"

"什么？"一向淡定的奶奶忽然有点惊慌失措，烟从她手里掉下来，"你碰见它了？"

想到青蛙说的"我对时间没有概念""那人和你年龄差不多大"，我顿时有点哭笑不得。

原来是这样。原来那小姑娘是很久以前的奶奶。

我告诉奶奶："我今天在公园那里遇到它了，它说它找过你好多次，还让我给你带话说，对不起，其实它根本变不了王子。"

"我后来去公园等它了，"奶奶怔怔地说，"但是我没等到它，我以为它不会来了。……那它现在在哪儿呢？"

"它……回家了，"我犹豫了一下说，"以后也不方便来了。对了，它让我转告你，它这辈子最后悔的事就是和你吵架，结果失去了最好的朋友。其实它特别想变成王子陪你玩的。"

　　"臭蛤蟆，"奶奶躺在椅子上背过身去，"我又不是因为什么王子不王子才跟它玩的。我就是……就是有点生气。"我看到她擦了擦眼角。

　　"你怎么知道它要找的是我？我连名字都没有告诉过它。"

　　"因为它说的话，我一想就猜到了。"

　　我回忆起青蛙说话时的温柔语气："我要找的那人和你年龄差不多大，又倔又可爱，长大了也一定很酷。"

　　"我真想再见她一面。"

老王子　　　10:49

世界上最后一头狼

文、秦芦花

1

在世界的最南端，有一座举世闻名的童话镇。

童话镇是一座由动物们建起的大型主题公园，每年都吸引着世界各地的人前来游玩。

莉莉就是被吸引来童话镇的孩子之一。她是个六岁的小姑娘，金色长发，眼睛像绿宝石那样耀眼，喜欢穿草莓蛋糕似的粉色公主裙。

某天，莉莉穿着漂亮的公主裙，牵着妈妈的手，蹦蹦跳跳地来到了童话镇。

童话镇最大的景区特色就是现场演绎版的童话故事。

莉莉首先来到了《三只小猪盖房子》的演出剧场。

舞台上，三只小猪听从了猪妈妈的话，正各自寻找着稻草、木头和砖头盖房子。

莉莉已经听过无数遍的《三只小猪盖房子》，但还是忍不住忧心忡忡："大灰狼要来吃小猪啦。"

不一会儿，大灰狼慢慢地走上了舞台前端。

不知为什么，大灰狼没有像童话里描述的那样威风凛凛，而是皮毛灰白，又老又丑。

即便如此，那依旧是狼啊。

莉莉倒吸一口冷气，尖叫道："大灰狼真讨厌！"

旁边的孩子们也顿时乱作一团，哭闹声此起彼伏。

大灰狼似乎是听见了莉莉的尖叫声，身体一僵，耳朵顿时耷拉了下来。

戏还要继续演下去。

大灰狼轻松地吹倒了稻草房，撞倒了木头房，到砖头房时，无论怎么撞都撞不开了。

大灰狼演得十分卖力，两爪扒进了砖头缝，额头上都撞出了血。

莉莉高兴地说："你看他，头上都撞得起包了，可真笨呀。"

故事的结局是大灰狼掉进烟囱里，被锅里的水烫伤，然后夹着尾巴逃走了。

当然，因为这只是剧院的一场戏，所以锅里用的是冷水。

演出结束了，莉莉看着从冷水里慢慢爬起来的大灰狼，不高兴地噘起了嘴巴。

"真希望他被烫死！"

2

接下来，莉莉又依次在童话镇看了《大灰狼与小白兔》《大灰狼与小狐狸》《骗人的大灰狼》《大灰狼与小红帽》……

没办法，大灰狼是童话故事里永恒的大反派嘛。

看着看着，莉莉看出不对劲来。

她觉得这些好像都是同一头狼。

那只又老又丑的大灰狼先是在《三只小猪》的故事里撞得头破血流、浑身湿淋淋，随后在《小白兔》里被猎人的捕兽夹夹得嗷嗷叫，在《小狐狸》里被火烧屁股，最后在《小红帽》里被塞进了满满一肚子的石头。

等到一天的演出结束后，大灰狼已经浑身上下都是伤口，奄奄一息。

莉莉忽然觉得，大灰狼有些可怜。

舞台上，演员们正在谢幕。小白兔、小红帽、小狐狸们光鲜亮丽地站在舞台最中央，与角落里灰扑扑的狼形成了鲜明的对比。

"感谢大家的观看……需要说明的是，演出的所有剧目都是由真实事件改编……我们永远不会忘记我们的族人被大灰狼杀戮的日子……"

台下顿时一片哗然。

有人大声叫道："打死大灰狼！"

一个空汽水瓶从台下飞出，正正巧巧砸在大灰狼流血的额头上。

大灰狼头一歪，重重地摔倒在地上。

小白兔们显然对这样的场景习以为常，等群情激奋的观众们发泄完怒气，才慢悠悠地劝阻道："过去的事情就让它过去吧，我们一向以德报怨……"

人们感慨于小白兔们的善良慷慨，在演出结束后纷纷慷慨解囊，捐了满满一箱的剧院赈济金。

莉莉也踮着脚尖，把自己一周的零花钱郑重地塞进了捐款箱里。

3

晚上，莉莉和妈妈住在童话镇的小房子里。

莉莉不喜欢睡觉，因此等妈妈睡着之后，就偷偷地溜出来玩耍。

莉莉刚走到河边，突然看见前面一道黑影。

等那道黑影转过身来，莉莉顿时吓得一屁股坐在地上。

是大灰狼！

莉莉想跑，但是大灰狼急切地恳求道："我很久没有跟别人聊过天了，你能陪我玩一会儿吗？"

莉莉觉得大灰狼的语气很可怜，但立刻又想到了童话故事里的情节，警惕地说："你是不是想把我骗过去，然后吃掉我？"

大灰狼把爪子藏在身后，讨好地冲莉莉笑了笑。

莉莉是个好奇心很重的孩子，犹豫了一会儿，慢慢地在河边坐下了，要求大灰狼必须离她远一点。

大灰狼规规矩矩地坐在离莉莉三米远的地方。

莉莉小心翼翼地说："你想跟我聊什么？"

大灰狼腼腆地说："我今天看见你啦，你就坐在台下，和你妈妈一起。"

"嗯，我叫莉莉。"

"你的裙子很漂亮。"大灰狼恭维道。

又聊了好一会儿，大灰狼始终在夸赞莉莉。

莉莉被夸得飘飘然，忍不住问道："别一直说我呀，你叫什么名字？"

大灰狼支支吾吾了一会儿，垂头丧气地说："我没有名字。"

莉莉一愣："你妈妈没有给你取名字吗？"

"我没有妈妈，也没有爸爸。我也不知道自己今年多少岁了。我从一出生就被关在笼子里，前不久才刚被放出来。所有人都只叫我大灰狼，因为他们说我是这世界上最后一头狼。"

"那其他狼呢？"

"小白兔他们说狼是坏东西，不能留在这个世界上，必须全部消灭掉。所以最后就只剩下我。因为童话镇需要我。"

说到最后一句话时，大灰狼的语气里终于有了一点点自信。

"你……为什么不吃我？"

大灰狼委屈地说："我从小到大只吃草，从来没有做过坏事的！"

莉莉半信半疑："那你今天晚上出来干什么？"

大灰狼吞吞吐吐了一会儿，嘟哝着说："工作。"

莉莉不明白大灰狼为什么晚上还需要出来工作。

片刻之后，远处传来了不轻不重的铃铛声，大灰狼恋恋不舍地看了莉莉好几眼，转身跑了。

4

莉莉晕晕乎乎地回到房间里，刚刚睡着，就被屋外的喧闹声吵醒了。

妈妈牵着莉莉的手出去看是怎么回事。

人群中央，大灰狼被棍棒打得鼻青脸肿，他的嘴边是一只耳朵正在滴血的小松鼠。

有人尖叫道："杀了他！"

莉莉看见大灰狼的身体抖了抖。

莉莉想冲出去帮大灰狼申辩，但是妈妈害怕地紧紧抱住了她，让她动弹不得。

"大家听我说两句。"小白兔严肃地在大灰狼身旁绕着圈，"大灰狼先生一直是我们剧团的重要演员，虽然演的是坏人，但是一直……"

"你别因为太善良，被他骗了！"人群里有人喊道，"看他这个样子我就知道他不是好狼，不然小松鼠怎么会受伤？！"

人们随手捡起脚边的石子，开始砸向中间的大灰狼。

小白兔和小狐狸们半真半假地阻拦着人们。

莉莉看着血流如注的大灰狼，忽然哇哇大哭。

等大灰狼的背部被砸得皮开肉绽之后，小松鼠忽然转了转乌黑的眼睛，跳了起来。

"你们冤枉好狼啦！"

小松鼠快速地解释了一番，表示自己只是在采松果的时候不小心撞到了树，耳朵也是被树枝刺伤的。而大灰狼，是救自己的时候被人误会了！

人们面面相觑，顿时尴尬不已。

人群中央的大灰狼依旧在流血。

小白兔再次适时地上场了。表示每个人都有可能犯错，只要及时改正，便还是个好人。

"只是，大灰狼先生身上的伤……"

捐款箱再次适时地出现了。

愧疚之下，人们纷纷慷慨解囊，捐款箱再次被装得满满的。

"希望大家在童话镇玩得开心!"小白兔抱着捐款箱,满意地说。

5

莉莉牵着妈妈的手,情绪低落地走出童话镇。

妈妈想要让莉莉开心起来:"小白兔可爱吗?"

"可爱。"莉莉闷闷地说。

"大灰狼是不是特别可怕?"

莉莉愣了愣,忽然有些害怕地说:"如果世界上最后一头狼去世了,怎么办?"

妈妈以为莉莉还沉浸在童话故事里,摸摸她的头,安慰道:"那世界上就再也没有杀戮和伤害了,多好呀。"

世界上最后一头狼 12:26

唱歌的少女　文／一只喵

1

在这蔚蓝的大海中，流传着巫女的传说。有人说她妖艳美丽，唱出的歌声能蛊惑人心，让水手着迷，船只触礁；有人说她手中的竖琴有巨大的魔力，能呼风唤雨，翻云覆海。

这片海域的确回荡着动人的音乐，但事实和传说有些出入，唱歌的只是一个普通的少女，样貌清秀，笑起来鹅蛋脸上有两个小小的酒窝，很是可爱。

少女的音乐实在太美妙了，所以每当她唱起歌，海洋里的动物们都会聚集在她所在的岛屿边聆听，有天天喊着要减肥的大肚子海狮，带着一群熊孩子的海马妈妈，慢性子的海龟先生和总是火急火燎的海龟太太……如果要形容那歌声，恋人依偎在凉风习习的沙滩上看日落，大概就是那样的甜蜜吧。

这一天傍晚，少女像往常一样唱起了歌，她眼尖地发现今天的听歌队伍中出现了一个新面孔。音乐会结束后，沉浸在歌声中的动物们回过了神，他们惊愕地发现队伍的中间出现了一个庞然大物：灰白相间的皮肤，黑如夜空的眼睛，尖似利刃的牙齿，面目可憎。这是一条鲨鱼，还是一条大白鲨。

"啊！"动物们慌成一团，成群的小丑鱼已经先开溜了，海狮因为太胖挤不出来，索性漂在水面上装死，海龟家两口子则是只剩下两个光溜溜的龟壳。

"别紧张，我只是来听音乐的。"大白鲨见大家吓得惊慌失措，有些不好意思。他想用鳍挠挠头，但太短了够不到，顿时有些尴尬。"我吃过饭了，不饿。"他想了想，安慰似的又补充了一句。结果这句话一出来，动物们跑得更快了。

"不好意思，打扰到你了。"大白鲨毕恭毕敬地向少女道了歉，他虽然面露倦色，但两眼迸发出了异样的光彩，"你的歌声太美妙了，让我想起了一个朋友。"

少女倒是一点都不怕他，好奇地问："你从哪里来？"

"一个遥远的海域，那是一个很美的地方，也有这样好听的音乐。"

"你的故乡也有像我这样的人吗？"

"不，那里有一群快乐的鸟儿。"

少女轻揉着自己的背，只是坐了一会儿，疼痛又开始袭来，她皱了皱眉头，换了一个相对舒服的姿势。

"你怎么啦？"鲨鱼关切地问。

"老毛病了。"少女摆了摆手，"你叫什么名字？"

"小灰。"名叫小灰的鲨鱼问，"我还能来听你的音乐吗？"

"当然可以啦，不会耽误你的旅行吗？"

"不会的。"小灰的眼睛暗淡了一下，又亮了起来，"也许，她也会来听。"

2

第二天的黄昏，少女如常在岛边歌唱。动物们发现，昨天的鲨鱼今天又来了，只不过今天他换了一身装扮，身上白色的部分都被灰色的贝壳贴满，嘴也牢牢地抿起来，看不见牙齿。短短的下唇努力地往前噘着，看起来很滑稽。"噗！"海马妈妈也想和大家一样装作若无其事，但他的样子实在太好笑，她实在是憋不住了。

这下，本来都在憋笑的动物们都忍不住了，哈哈大笑了起来。

岛上的少女也笑了起来，小灰不知道大家在笑什么，他以为今天装扮成海豚的样子很成功，没有引起大家的注意。等到他看见海水中自己的样子时，也跟着一起笑了起来。

从此后，来听歌的动物们都接受了这头毫无杀伤力的鲨鱼。

"小灰，上次你说要找一个朋友，她长什么样子，我们可以帮你打听打听呀。"一向热心肠的海龟太太问道。

"对呀，对呀！"大家都应声附和着。

"她是我家乡的朋友，我们从小就认识了。她有的羽毛是黄色和黑色的，像是春天的颜色，她的嘴巴粉粉的，尖尖的。她和伙伴们飞出来一起玩，就再也没有回——"

"这么说你的朋友是一只鸟？"没等他说完，海马妈妈就打断了他。

"是的。"

"那就不好办了呀，如果是一条鱼，还容易找一点。"

"对呀，说不定她是碰到了只小公鸟，和别人比翼双飞去了。"

"不可能！"小灰有些生气了，他张大了嘴巴，尖牙又暴露出来了。

大家一下子都不敢作声了。

"小灰，你说的那种鸟我好像见过。"这时，岛上的少女突然说话了，"不过我记不清是什么时候。对了，每年鸟群迁移经过这里时，会停一会儿听我唱歌。"

"如果我没有记错，还有三天，他们就要来了。"

"真的吗？"小灰兴奋地跃过了海面，跳了起来，激起的水花溅了少女一身。

3

三天后很快就到了，成群结队的鸟都来到了岛上听少女唱歌，有红色的、蓝色的、白色的……各种颜色的鸟都有。小灰在密密麻麻的鸟群中寻找着，但一无所获。直到晚上他们都飞走了，他还沮丧地等在原地。

"没有找到吗？"少女看着他难过的样子很是不忍。

小灰摇了摇头。

少女想安慰他，又不知如何开口，索性就安静地陪他待着。

"你在这里很久了吗？"小灰开口问。

"嗯，自从我有记忆开始，就一直在这里为海神唱歌。"

这时，不知怎么回事，本来平静的海面突然狂风大作，滔天的巨浪一个接一个地向岛边打来，几乎就要把小岛淹没。

一个大浪打来，少女没站稳，被卷进了海里。疯狂的海浪冲走了海狮，卷走了海龟先生和海龟太太。少女在这样疯狂的海浪中没有丝毫的抵抗能力，小灰奋力地向她游去，有力的背鳍决定了他是唯一可以救她的人。可这海浪像是故意和他作对，每次他马上就要碰到她，就又被冲散。终于他拼尽了力气把少女推上了岸，少女的衣服已经被弄得破破烂烂。他用头努力地顶着少女的背，就在那一刻，他看到了少女的背后有两道狰狞的伤疤，其中一道里还长出了一根小小的黄色羽毛。小灰愣住了，但下一刻一个巨浪袭来，筋疲力尽的他就被卷走了，不知漂向了何处……

4

自从那日后，少女就再也没有看到过小灰。还没有机会和他说一声谢谢呢，也不知道他有没有找到那个她。

每当想到这里，少女的心都会莫名地痛。

这一天，她收到了一份礼物，送礼物来的海豚说这是一头伤痕累累的鲨鱼托他送的。

是小灰吗？

"他在哪儿？"

"那时候他受伤很重，不知道现在是不是还活着。"海豚回答道。

少女打开了盒子，发现里面有一对翅膀，嫩黄色的羽毛，羽尖是黑色的，美好得就像是春天的颜色。

一起被打开的还有她的记忆。她记起来自己原本是一只黄莺，和朋友们出来玩飞散了，落单的她在这个岛上休息，碰到了海神。后来，海神痴迷于她的歌声，剪掉了她的翅膀，把她变成人的模样留在岛上为自己唱歌。

她还记起来小灰。"你灰不溜秋的，就叫小灰吧！"第一次见面时，她这么对他说道。后来，他们还约好了，以后要一起在海中探险。

少女重新戴上了翅膀，变作了黄莺的模样。

5

从此，海上少了歌声迷人的少女，却多了一只穿梭于海上的黄莺，她把动听的歌声洒满大海的每一个角落，因为这样，那条灰不溜秋的鲨鱼总会听到。

"这次，换我来找你吧。"

唱歌的少女　　14:12

《《《 唱歌的少女

• 153

圣诞梦老人

文／桃子桃子亮晶晶

圣诞前夜，繁华的市中心摆上了一棵华丽的圣诞树，引得路过的行人驻足拍照，显得十分热闹。

夜深了，商场打烊，人们陆续离开，只剩下圣诞树上缠绕的雪花灯明明暗暗，温柔地散发着光芒。突然，一个奇怪的圣诞老人出现在这里。他穿着蓝色的衣服，戴着蓝色的圣诞帽，靠着圣诞树坐了下来。

"妈妈，这里有一个蓝色的圣诞老人！"

一个裹着破棉袄的小男孩挣开妈妈的手，朝着圣诞老人跑了过来。

小男孩吸着鼻涕，脸蛋冻得通红，还拖着一个鼓鼓囊囊的大麻袋。

"我想要爸爸回家陪我和妈妈过节，我想给妈妈穿上和大家一样的羽绒服，我还想要个能让家里变暖和又不会熏得人流眼泪的大火炉……"

小男孩使劲吸了吸鼻子，黑瞳仁简直像颗反光的珠子，他从口袋里掏出一个旧旧的铃铛挂在树上，又朝着圣诞老人深深地鞠了一躬。

"你这孩子，收废品的爷爷还在等我们呢！"小男孩的妈妈往这边瞥了一眼，拉着他急匆匆地离开了。

圣诞老人摘下那颗旧铃铛，放进了口袋里。

夜更深了，街上的灯一盏一盏相继熄灭，小男孩和妈妈却才吃上平安夜的晚餐。漂着几片菜叶的面疙瘩汤，还有一只看起来不太新鲜的烧鸡，小男孩开心极了，妈妈也笑眯眯地看着他。

"过节真好，今天真开心！"

小男孩狼吞虎咽地吃着鸡腿，还不忘把另一只塞到妈妈的碗里。

这天晚上，小男孩和妈妈挤在一张床上，裹着一条破棉被，很快进入了梦乡。他将会梦到离开很久的爸爸把他抱在怀里，梦到一桌丰盛的、冒着热气的晚餐，梦到一家人坐在温暖的壁炉旁说说笑笑……

蓝色的圣诞老人站在窗外，看着睡梦中的小男孩扬起了嘴角。

"我什么都给不了你，我不是能实现愿望的圣诞老人。"他从蓝色的口袋里掏出小男孩许愿的铃铛，轻轻晃了一晃，"真抱歉，我只能给你一个梦。"

圣诞老人离开了，去往下一个孩子的家，他还有几个温暖的梦在布袋里。

"真没办法。"

戴着红帽子的圣诞老人不知道什么时候站在了这里，他对着那个蓝色的背影叹了口气，然后把口袋里最大的礼物，放在了小男孩的枕边。

圣诞梦老人　　03:40

梦里的熊　文/怀恣睢

1

狼先生的小木屋在森林的南面，木屋前流淌着一条小溪。

每逢春日到来，明媚的阳光会透过树叶，洒下温暖的光晕，狼先生也会在春天坐在树叶编成的摇椅上，盖着毯子，静静入睡。

狼先生又在做梦了。

这时的它已经是一只年迈的老狼，所以它梦见的全是年轻时的模样，威风凛凛的，皮毛光滑，健步如飞。

那好像是很久很久之前，小公主轻盈的步伐曾踏足过这个森林，繁复的裙摆逶迤在地，枯叶像纷飞的蝶绕着小公主起舞。

小公主清脆的声音如枝上的百灵鸟："狼先生，你看到一只猫了吗？姜黄色的，毛茸茸的一大团……"

狼先生竭力让它的声音变得温柔："公主，您可以随我一起，我知道那只猫去了哪里。"

小公主将手指搭在狼先生灰色的皮毛上，跟随着狼先生矫捷的步伐。

但狼先生突然停住了。

狼先生紧紧地盯着树丛后露出的棕色皮毛，它甩开小公主的手，扑向树丛后。

树丛后是熊小姐，它湿漉漉的眼神楚楚可怜，狼先生被盯得心里一软，就抱住了熊小姐。

后来梦便醒了。

2

熊小姐是被狼先生给捡回来的，就在遇见小公主的那一天。

狼先生去帮小公主找猫咪，看到树丛后棕黄色的一团，用爪子拨开，才发现是只哭哭啼啼的小熊。

狼先生不算好心，凶神恶煞地赶走这只小熊时，是小公主把小熊留在了狼先生的身边。

小公主温柔地抱着小熊说："狼先生，能拜托你吗？好好照顾这只小熊吧，我会来接它的。"

狼先生梦醒后，发觉那只熊又找不到了，它颤颤巍巍地拨开了木屋旁边的树丛。

狼先生知道，熊小姐喜欢躲在树丛后，但这一次，它却没有在树丛里发现那只熊。

"对不起啦，趁狼先生睡着时乱跑，狼先生会讨厌大熊吗？"

一只棕色的熊趴在树枝上，看着狼先生费力地拨开树枝寻找它，忍不住便出声问道。

狼先生沉重的步伐将冬天落下的枯叶踩得咯吱咯吱响，它黝黑的眼眸紧紧地盯着熊小姐。

"我不生气，可是会难过。大熊，你又在织梦了，对不对？"

3

熊小姐是只特殊的熊，在每个星汉灿烂的夜晚，它胖胖的身躯都可以挤进别人的梦中。

它可以偷走别人的美梦，再将许多的美梦织成更为旖旎绚烂的好梦。

狼先生的背脊已经佝偻，牵着熊小姐柔软的手掌时，一大一小的身影倒映在小溪中。

回到小木屋后，熊小姐把手掌里攥着的彩色的美梦偷偷藏进皮毛中。

"你……又偷偷拿了谁的梦？"

狼先生回头时就看到它在藏梦，狼先生凶巴巴地问熊小姐，却又忍不住放柔了声音，补上一句话。

"如果想织梦，就把我的梦拿走吧。"

熊小姐紧张地摇了摇头，手掌攥着狼先生的衣角，可怜巴巴地说："大熊才不舍得拿狼先生的呢。"

"好梦就像大熊最喜欢的蜂蜜一样，甜甜的，大熊要把好梦都留给狼先生！"

狼先生扶着墙壁的手一颤，目光柔和地看着熊小姐，轻轻说道："那可真是个美梦呢。"

它刚才做的美梦里面，年轻的狼先生，紧紧拥抱住那只小熊。

4

在狼先生再一次沉入梦中的时候，大熊蹑手蹑脚地离开了小木屋。

它带着自己的行囊，里面是一包袱的美梦。

这些都是狼先生的梦，它要带着这些梦去找小公主，告诉小公主：狼先生已经老了，她什么时候去看看狼先生呢？

熊小姐走了许久，穿过静谧的森林，也走过人来人往的集市，直到看到那高高矗立的城堡时，它才发觉真的是太累了。

城堡里的小公主已经变成老皇后了，她的女儿也已经要嫁给邻国的王子。

熊小姐抱着一包袱的美梦，呆呆地离开了城堡。

因为难过得想要哭泣，熊小姐蒙眬的泪眼并没有看到，身后悄悄地跟上了王国的一队侍卫。

5

大熊不敢回到小木屋，踟蹰地立在门前时，门忽然从里面打开了。

狼先生焦急的神色映入眼帘，熊小姐低着头，将包袱里的美梦又往身后藏了藏，不敢面对狼先生的目光。

"你到底去了哪里？我会担心……以后可不许这样了。"

狼先生并没有责怪它，可熊小姐还是觉得很难过，它轻轻地蹭到狼先生的身边，告诉狼先生："我去找小公主了，但她很忙，不过……不过，她一有时间就会来看你的。"

大熊亮晶晶的眼眸望进狼先生的瞳孔中，狼先生如触电般松开它的手后，闷声问熊小姐："如果小公主来，你会很高兴吗？"

熊小姐低着头，用力地扯出笑容："会呀，大熊会很高兴的。"

狼先生轻轻皱了皱眉："笨蛋，有没有人告诉过你，你说谎的时候，脸是红的。"

"咦，狼先生，有吗？可我的皮毛这么厚，看得出来吗？"

"我啊，是用心看的。"

6

熊小姐从回来后，就开始闷闷不乐，因为怕不小心说出小公主已经嫁人变老，它便经常躲避着狼先生。

狼先生的身体越来越差，更为嗜睡，被人的声音吵醒时，它的第一反应就是喊熊小姐快跑。

小木屋的外面守着许多侍卫，而近在咫尺的人，竟然是小公主。

老去的小公主微笑着看狼先生，狼先生扭过头，寻找着熊小姐的身影。

小公主温柔地对狼先生说："我住在很远的城堡中，无意间看到那只小熊来找我，我想你一定等我很久了。"

狼先生的目光变得柔和，它笑眯眯地看着公主，朝公主行了一个庄重的礼仪："谢谢您，我亲爱的公主，年少时的我，是为了您而留下那只小熊的。"

"遇见它的那天，是我最幸运的一日。"

公主托起狼先生的手，问狼先生："那只小熊的眼底盛满爱意，我看得到，狼先生的眼底也藏着深沉的爱，为什么不在一起呢？"

狼先生看了看它灰白的皮毛，胸腔发出一声轻轻的叹息。

"你看，我已经在逐渐老去。"

"我该怎么保护它，如何替它去面对猛兽锐利的爪牙，如何陪伴它走过长长的一生？"

7

狼先生讲它做过的许多美梦，把公主逗得笑容灿烂。

等到天色渐晚时，小公主要回到城堡了，狼先生站在小木屋的门前，望着小公主逐渐远去的身影怔怔出神。

它为小公主讲述的梦，其实都是千篇一律的，年轻的狼先生碰到了找猫的小公主，于是发现了那只可爱的小熊。

但有熊小姐的梦境，对它来说，才不是千篇一律。

那是它愿为之赴汤蹈火的存在。

公主走后，狼先生在木屋中枯坐许久，它在等熊小姐回家。

狼先生不知道的是，那只熊其实已经回来了，它织好了梦境，欢喜地想着送给狼先生。

在公主离开的时候，熊小姐听到她愉悦的笑声，又看到狼先生的嘴角也带着笑。

狼先生和公主真的很般配，熊小姐一边想着，一边把许多美梦织成的梦境扔进窗户中。

狼先生闻到一股甜蜜的香味，就像是熊小姐喜欢的蜂蜜一样。它的眼帘开始变得沉重，往后退了几步，便倒在了树藤椅上。

它做了一个梦，年轻气盛的它牵着熊小姐的手，走过叮叮咚咚流淌的小溪，溪水倒映着天边绚烂的晚霞。

甜美的梦境笼罩着它的心，恰如初见那一日的甜蜜。

8

熊小姐扒开树丛，看着躺在树藤椅上的狼先生。它的嘴角轻轻勾起，一定有个好梦。

这样最好不过了，狼先生终于见到了小公主，它织的美梦终于成真。

"小公主来看你，真的太好了。虽然我会有一点点伤心……"

它要走了，会织梦的熊活不了太久，因为偷走别人的美梦，都是要付出代价的呀。

熊小姐轻轻拢住包袱，里面是狼先生的一个梦，梦里有狼先生和小公主，还有第一次见到狼先生时，正在哭泣的它。

熊小姐胖胖的身躯在月光下，显得很孤独，但它的心里很满足。夜夜好梦留人睡，最后的时光里，拥有狼先生的梦境，真的太好了。

"我知道，所有人和物都会老去的，谁不是呢？"

"可我不愿你老去时心如枯木，狼先生，我不愿意。"

它笑着挥挥手，悄悄地离开了森林。

梦里的熊　　14:42

糖果屋

文／司南指南

1

狼先生在镇上开了一家糖果店，里面有许许多多美味的糖果，童话镇的小孩们每天都在门口排着长长的队，小红帽也是其中一个。

"狼先生，狼先生，今天的糖果还有吗？"小红帽在柜台前面踮起脚尖问，狼先生站在高高的糖果柜台后面，身边摆着许许多多的玻璃罐子，里面放着晶莹的好像宝石一般的糖果。

"糖果还有很多，你要哪一种？"狼先生看了她一眼回答道。

小红帽扭扭捏捏地拿出一枚铜币。

"我……我要最便宜的那个玻璃糖。"

"对不起，那个已经卖完了，明天早点来吧。"

狼先生摇了摇头，小红帽失望地离开了。

第二天，去给外婆送东西的小红帽又来晚了，她站在狼先生的糖果屋前面，委屈得都要哭出来了。

然后她就真的哭了起来。

"不要哭了。"狼先生有些手足无措地从柜台走了出来，笨拙地蹲下身体伸出手给她看。

"这个糖果给你，不要哭了好不好？"

"不行，妈妈说不能随便拿别人的东西……"小红帽抽噎着说。

"那……你明天去森林里面帮我采些花回来当报酬好了。"

小红帽不哭了，眨着眼睛问："可以吗？"

狼先生松了口气，赶紧把糖果塞到了她的手里。

"当然可以。"

"谢谢你狼先生！我一定会给你摘来森林里面最漂亮的花！"小红帽高高兴兴地回答，一蹦一跳地跑远了。

狼先生蹲在原地看着她的背影叹了口气。

"我果然还是对喜欢糖果的女孩子没有办法。"

2

第二天一早，小红帽早早地起了床，戴上自己最喜欢的那顶红帽子，蹦蹦跳跳地朝森林的方向去了。

到了森林的入口，小红帽突然停下了脚步。

森林那么大，我要是不知不觉地迷路了怎么办？

小红帽想了一会儿，决定把准备当午餐的面包撕成小块，撒在路上，这样她回来的时候就能顺着面包屑一路回来了。

想到办法的小红帽高高兴兴地踏进了森林，一路走一路撒面包，然后她找到了一大片花田，开开心心地采起花来。

等采完了一大把花，小红帽正准备回家，却发现自己撒下的面包屑已经被森林里的鸟儿吃得一干二净了。

迷路的小红帽只好在森林里面游荡着，想要找到回家的路。很快天色就暗了下来，森林里面黑漆漆的，小红帽不由得害怕了起来。

这个时候她看见了一栋房子，房子的窗户透出温暖的光芒。

小红帽开心地朝着房子跑了过去，走到近处才发现这是一栋全部由饼干和糖果组成的屋子。

肚子饿了一天的小红帽忍住想要把房子吃掉的念头，礼貌地敲了敲门，一位女巫打开了门。

"原来是这样啊，你进来吃点东西吧，明天早上我再送你回去。"听完小红帽的遭遇，女巫同情地把她迎进了门，并且给她倒上了一大杯热可可，附带一碟美味的曲奇饼干。

她们坐在壁炉前面吃着点心，旁边是一大锅咕噜咕噜冒着泡的魔药。

"我做糖果是想给所有喜欢糖果的人吃，不想拿来卖钱，所以只能靠卖魔药挣钱了。"女巫不好意思地朝小红帽解释。

然后小红帽知道了女巫本来有个男朋友，他们都是糖果学院的优秀学生，关系很好，但是在毕业的时候分手了。

"他说我们只会做糖果，不靠糖果挣钱靠什么。"女巫羞涩地笑了笑，"分开以后我发现他是对的，所以就自学了魔药，想等攒够了钱再去找他，告诉他现在我们可以在一起了。"

但是女巫毕竟不是魔药学校毕业的，魔药销路很不好，什么美人鱼、王后都爱找专业人士，所以到现在也没有攒够钱。

3

第二天，小红帽被女巫送到了森林出口，开心的小红帽和女巫告了别，捧着一大束鲜花朝糖果屋走去。

狼先生看到小红帽很吃惊。

"昨天你的家人说你没有回去，你到哪里去了？"

"我昨天在森林里面迷路了，一个好心的女巫姐姐送我出来的。"

小红帽高兴地向狼先生描述了自己的迷路之旅，听完以后狼先生沉默了，转身锁上店门，接过小红帽的花就朝森林走了过去。

小红帽在后面问："狼先生你要去哪里？"

狼先生头也不回。

"去告诉一个人，我们两个人只要有一个人挣钱就足够了。"

 糖果屋　　06:10

鸡汤阎王与寻死女鬼的恋爱往事

文/土猫S

1

"路再长再远，夜再黑再暗，只要走下去，总能看见充满希望的明天。"胖嘟嘟的阎王拉着身穿飘逸白衣的纤细女鬼，满眼深情地灌着鸡汤。

"我不想活了，我要灰飞烟灭。"女鬼举起符纸作势往脑门上贴。

"蝉鸣了，我们就聆听那声音；叶黄了，我们就品味那秋意；雪下了，我们就欣赏那静谧。只要用心，当下就是最美的风景。"

"我不想活了，我要灰飞烟灭。"女鬼开始念超度佛经。

"想一想下辈子，你可以做一只鸟，在天空翱翔；你可以做一朵花，静静开放；你可以做一只猫，无忧无虑地……"

"我不想活了，我要灰飞烟灭。"女鬼撞向了冥界办公室角落里的桃木剑。

这已经是这个月第七个闹着要自杀的鬼了，也不知道人间的压力大到什么地步，一个个变成鬼了还不想投胎，只想灰飞烟灭，可不能让这个鬼出事，不然自己的年终奖可就泡汤喽。

阎王连忙丢掉心灵鸡汤大全，用法术定住女鬼，气喘吁吁地把她挪回桌前，捏了捏自己的肚腩，定下神解开封印。

"小姐，能不能说说你为什么不想活了？"圆润的阎王托着下巴，像颗花生。

"我为什么要活下去？"

"你看，人类有很多美好的事情可以做啊，爱情啦，友情啦，亲情啦，事业啦。"不知为何，阎王的底气有点不足，手指无法控制地捏着肚腩。

"我总是漂泊，没什么朋友，好不容易攒钱买了个房又成了房奴，工作压力大赚得又少，人情往来对我来说很是麻烦，整天小心翼翼地活着，想恋爱总是找不到心动的男朋友，又不想凑合，年纪轻轻的就车祸死了，甚至还没恋爱过，就算重新转世投胎，不也是这样的生活吗？"女鬼委屈地瞪着水汪汪的大眼睛。

"就算不投胎做人，做其他生物也好啊，你看现在宠物多好，天天被人类宠着……"一种物伤其类的酸涩突然涌上了阎王的心头。

"每个生命都有它的悲哀，别说其他，阎王大人，你这样身居高位的神仙，我看你这桌上这么多材料，日历上画满了工作日程。你可以永生，却也是禁锢，你要一直面对各种各样的压力，永远没有喘息的机会，身边又都是黑白无常、牛头马面那样毫无情商的同事，连个陪你说说话的人都没有，每天下了班面对空空荡荡的房子，只能给自己灌心灵鸡汤麻痹自己，你也累了吧？"女鬼的眼里满是同情。

以为没人能看透自己坚强外壳的阎王终于"哇"的一声哭了起来。

2

既然完全没有办法说服女鬼，阎王干脆把她带在身边看管起来，刷牙的时候得看看她，工作的时候得看看她，就连上厕所……生怕一个不留神她跑去自杀，鬼鬼都说阎王养了个祖宗，甚至连牛头马面对她都要礼让三分。

阎王在后院里栽了棵向日葵，他费了好大劲才托人从人间转过来的，人们都说向日葵是向往着光明希望的花朵，也许女鬼多看看也会觉得鬼生有望就去投胎了。

冥界没有阳光，一向粗枝大叶的冥王大人在养这株花时格外仔细，每日按时以灵力喂养，这向日葵倒也争气，长得高高壮壮，每天对着女鬼摇头晃脑，时间久了，女鬼竟然会对着向日葵笑了。

今年的年终奖有望了，阎王决定再加把劲。

阎王用少得可怜的假期带着女鬼去看波澜壮阔的大海，她说："这海下埋没了多少人的尸体啊。"

阎王利用职务之便带女鬼参观了投胎的地方，一个个灵魂注入到刚刚萌芽的身体中，开启全新的旅程，她说："唉，又是一场苦难的开始。"

阎王带她到冥府办公室体验生活，她说："突然觉得我的生活也不是最可悲的……"

阎王听了想打人。

或许是感受到了阎王的诚意，或许是吃人嘴短，又或许觉得阎王也是可怜人，慢慢地，毒舌女鬼不再吵着要自杀了，在生活中对阎王也算颇为照顾。阎王在加班她就烧好饭菜，阎王在加班她就收拾屋子，阎王还在加班，她就默默给他披了件衣裳。

一向孤独寂寞冷的阎王突然有点不想让女鬼去投胎了。

阎王的生日，女鬼烧了一大桌好菜，阎王开了一坛百年的女儿红，一鬼一神推杯换盏，喝得好不热闹。

"喂，你生日，我满足你一个愿望吧。"女鬼借着酒劲靠在阎王身旁。

"什……什么愿望？"喝多了的阎王舌头打了结。

"明天我就去投胎，你不是一直想让我投胎吗？"

阎王的脑子昏昏沉沉的，好像有一个声音在他脑海中喊着不要，可他还是咚的一声醉倒在桌子上。

趁阎王睡着女鬼也捏了捏他的肚子，手感是挺好的，难怪他总捏呢，只可惜以后捏不到了。

3

醒来时女鬼已经不见了踪影，前一晚细细碎碎的片段在他的脑海中浮现，阎王抓起公文包直奔奈何桥，他要找回那个总是在他眼前飘啊飘的白色身影。谁知牛头马面挡住了他的去路，南方某城发生地震，死伤人数过多，他要到前线指导工作。

阎王一步三回头地踏上了出差的道路。

可是他的脑海里总是浮现出她的身影，她有点丧又很毒舌，可是她能看透自己自以为掩藏得滴水不漏的内心，她烧的菜很好吃，尤其是土豆排骨，她笑起来的时候很美，可以像阳光一样驱走他内心的雾霭，她有一个有趣的灵魂，只是少了同样能读懂她的人。

只可惜自己懂得有些晚，拨了电话给同事想要探听出她的下落，可是再没有人见过她，也没有她的任何记录。

她究竟是灰飞烟灭了，还是投胎了？她去了什么地方？会过着怎样的生活呢？这是他忙碌的加班生活中发呆时想得最多的问题。

终于完成了繁重的工作，风尘仆仆地回到家里，打开房门前的一瞬他还有着期待，她会不会正在门里笑着等他？可惜并没有。

一切都是他离开时的样子，只不过由于疏于打理，摆设上面都落了一层灰，宿醉后桌上的碗筷还没来得及收拾，院子里的向日葵没精打采地耷拉着头，一切跟她没离开时一模……咦，向日葵还活着？

没有了灵力的支撑，他以为如此需要阳光的向日葵等不到他回来的那天。他凑近了向日葵，却看见指头样大的小小女鬼正坐在花瓣间，仰头望着他。

"你不是说去投胎了吗？"阎王喜极而泣，哭得像个孩子。

"我是去投胎了，可是到了奈何桥听说你被强制出差了。"女鬼伸出小手怯怯地摸了摸他有点瘪下去的肚腩。

"你就回来了？"

"嗯，我想起你走了就没人能照顾这株向日葵了，你那么紧张它，就回来用灵力喂养它。"

"傻瓜，我种这向日葵还不是为了你高兴，你法力不多，消耗这么大，我再晚点回来你就灰飞烟灭了。"阎王宠溺地点了下女鬼的头，"现在还想灰飞烟灭吗？"

女鬼摇摇头，苍白的脸上泛起了别样的红晕："我不想活下去，是因为还没有遇见你，因为有你，我对这个世界有了期待。"

"我手下缺个判官，你要不要考虑来应聘，我可以给你偷偷走个后门哦。"胖胖的阎王笑得像颗花生。

总有一天，总有一个人，会让你重新爱上这个世界。

鸡汤阎王与寻死女鬼的恋爱往事　10:53

阿拉丁神灯

文\姜小白

1

黄沙漫漫，风裹挟着黄沙击打在它暗黄的灯壁上，发出沙沙的声音。神灯蜷缩着往沙子底下挪了挪，感觉下一秒自己就会粉身碎骨在这茫茫戈壁。

这片土地已经许久未有人涉足了，它也不明白，当初他们怎么会选择了这里作为旅程的终点。

"这次应该不会来了吧。"它小声嘟囔着，不开心地在原地摇来摇去。

这样想着，有脚步声渐渐近了。

不同于沙漠走兽的矫健有力，这声音有些不稳，似乎随时都会消失。

神灯心里升起些希冀，不禁从风沙里抬起了头。

脚步声在它身前停住了。有一双纤细白净的手捧住了它的灯座，小心翼翼地将它从沙子里抱了起来，用胸前的衣襟细心擦拭着它的灯壁。

它屏住了呼吸，莫名有些紧张，听到身前的人笑了笑，说道："原来是一盏漂亮的灯。"

漂亮？它早就不是漂亮的模样了，成千上万年的岁月从它身边溜走，它的灯壁不再洁白如玉，灯座也已暗沉无光。它只是一盏旧灯。

不过，听到夸奖它还是很开心。心底欢呼一声，神灯化作一缕青烟从灯壁中钻了出来，堪堪停在那人面前。面前的青年面容是它熟悉的清秀，脸上满是惊讶。

清了清嗓子，神灯尽量用平和的语气说道："我是这沙漠的灯神，你有幸遇到了我，我可以满足你的任何愿望。"

青年扑哧一声笑了出来，片刻后，他伸手摸了摸它接近实质的头发，道："抱歉，我没有取笑你，只是觉得这一幕似曾相识。那个，我叫阿拉丁，见到你很……荣幸。"话音刚落，他又笑了起来，露出了雪白如编贝的牙齿。

灯神难得地忸怩了一下，形体又钻回了灯中："你知道就好。"

阿拉丁手指轻轻敲了敲灯壁："神灯，我要到处走走，你要陪着我吗？"

神灯的底座晃了晃，有声音小声传出："我是不想走的，可是看你这么可怜，连个朋友都没有，我就勉为其难地陪着你吧。"

2

阿拉丁带着神灯去了好多地方，走过烟雨迷蒙，走过骄阳似火，有枯叶铺就的广袤平原，也有落雪纷纷的群山连绵。阿拉丁除了吃穿，从没有向神灯要求过什么，他依旧一贫如洗，却好像很满足。

神灯感到很疑惑："阿拉丁，你不回家吗？你母亲不是卧病在床吗？"

"母亲？"阿拉丁眼中闪过伤感，"母亲几年前就去世了，她生病了，很痛苦，走的时候却很安详。"

神灯很不开心地在他怀里跳了跳，几年前，阿拉丁如果早点来，说不定自己能帮到他呢。

胸口被轻轻碰了一下，阿拉丁也不恼，安抚性地摸摸它的灯壁，试探地开口："神灯，你好像知道很多事情。"

"是啊。"神灯心不在焉地回答，眼前却浮现出一个少年人的模样，清秀的五官，眼神中是少不更事的天真，他一开口，声音就像春日快要融化的雪："小灯，如果你能永远陪着我就好了。"

可惜人生苦短，它可以给他建造城堡，可以给他无尽的财富，可以帮他娶到美丽的公主，却给不了他永恒的寿命。

"小灯？我可以叫你小灯吗？"

神灯"嗯"了一声，这一次终究是不一样了。

"阿拉丁，你有没有想过去哪里？"

青年眺望远方，喃喃："我也不知道，冥冥之中有个声音告诉我来这里，不然我会后悔。我犹豫过，可最终还是来了，然后就遇到了你，我感觉这一生都圆满了。"

神灯不说话了。半晌，才小声说道："原来你这么喜欢我啊，那我就勉为其难地高兴一下吧。"

阿拉丁笑笑，拿脸颊轻轻蹭它的灯壁。

3

阿拉丁就这样漫无目的地旅行，直到身形佝偻，须发全白。他回到了最初相遇的地方，原本一望无际的荒漠不知何时有了一片绿洲。他走不动了，干脆坐在了地上。

"小灯，出来见见我吧，我可能要走了。"他语气温柔，一如从前。

神灯将自己释放出来，看着眼前的老人，道："阿拉丁，不要怕，我会一直等你回来的。"

"小灯，我舍不得你。如果有来生，我一定早早来见你。小灯，最后抱抱我吧。"

神灯虚虚抱住身前的老人，怀中人的呼吸声越来越弱，终于消失了。神灯慢慢嘟起嘴，眼圈红了："我才不喜欢你呢，只是想让人陪着罢了。但既然，既然你这么喜欢我，我就勉为其难地陪着你好了。"

它口中吐出一串咒语，绿洲边缘的村落突然之间消失了，一切景致又恢复到了几十年前的模样，黄沙漫漫，无边无际。

神灯把自己重新蜷缩在厚厚的黄沙下，神情再次慵懒而愉悦。

"笨蛋阿拉丁，这次你可要早点来啊。"

 阿拉丁神灯 08:23

匹诺曹

文／如鱼的老王

1

匹诺曹已经成了少年，但匹诺曹的爷爷，就是那位发明他的老木匠，因为年事已高，死于一场肺病。

在爷爷死去没多久，一个巡演路过的马戏团老板发现了匹诺曹，把他关在了铁笼子里。

老板汤姆跟匹诺曹说：

"如果你不上台表演，我就把老木匠的坟给挖开，糟蹋他的尸骨！"

匹诺曹点头，接着说：

"好，我什么都答应你。"

突然，匹诺曹的鼻子变得特别长，戳到了汤姆脸上。

"好货色，果然说谎鼻子就变长。"汤姆用手帕擦了擦脸，"我不怕你不配合。"

"我的意思是，"匹诺曹的鼻子又变正常了，"尸骨你随便糟蹋，我可以上台演出，不过我想要我应得的演出费。"

"哎嘿！鼻子没变长就不是说谎，"汤姆再次惊讶，"看来你也更在乎钱！"

"嗯，我也长大了，开始喜欢钱了。"

话音刚落，匹诺曹的鼻子又变长了。

"好吧，我一直都喜欢钱。"

匹诺曹的鼻子收了回去。

2

台上，化了小丑装的匹诺曹，戴着手铐，呆呆地杵在那儿，木桩一样。

"我是不是很美？"

"对，一点都不难看。"

"鼻子变那么长？！大浑蛋！讨厌！！"

一个胖女人，一跺脚，甩下钱走了。

"我是不是很强壮？"

"你一点都不强壮，而且看起来特别虚，跟快要死了似的。"

"哎？鼻子变长了一点！看来我很强壮了？"

"不，你不是特别虚，只是有点而已，比普通人还要差一点。"

"鼻子怎么没变长？"

一个邋遢的小伙子，驼着背，扔下钱走了。

"你的鼻子为什么能变长？"

"说谎了。"

"那为什么要说谎呢？"

"因为我是大人。"

"那你喜欢我吗？"

"不喜欢。"

"鼻子变长了耶——我也喜欢你！"

一个小女孩，蹦蹦跳跳，放下钱离去。

不一会儿，观赏的人都走了。

老板汤姆对匹诺曹说：

"咱们的全国巡演很成功，很多人都想看匹诺曹！很快我们就能发大财了！"

匹诺曹回应：

"只是你发财。"

"有我的难道能没你的吗？"汤姆一只胳膊搭在匹诺曹肩膀上，"是嫌给得少吗？"

"不嫌少……"话音刚落，匹诺曹的鼻子再次变长。

"哈哈哈……"汤姆笑道，"下周三我们要给一位伯爵大人表演，你好好表现，到时候绝对少不了你的！"

3

在伯爵的庄园草坪上，狮子正在刚搭建的台子上钻火圈。

"哎呀！又是这些，早都看腻了……"

伯爵夫人最先抱怨，接着所有人都附和着要换节目。

"匹诺曹！匹诺曹！匹诺曹！"台下呼声很高，因为大家早就听说了那个说谎鼻子会变长的小丑匹诺曹了，都迫不及待地想看。

按照马戏团的惯例，匹诺曹是压轴表演，每个人排队提问。

可老板汤姆认为，在伯爵这里，一切的惯例都可以打破。

台上，化了小丑装的匹诺曹，戴着手铐，呆呆地杵在那儿，木桩一样。

台下的人可以随便提问。

"一加一等于几？"一位孩子发问。

"十八。"匹诺曹的鼻子变得老长。

"台下谁最漂亮？！"

"伯爵夫人。"匹诺曹的鼻子收了回去。

一部分人疑惑：怎么会是四十岁的伯爵夫人？莫非是台上那小丑的审美不一样，口味重？

"不错！果然一说真话鼻子又收回去了！"不知谁带头鼓掌，大家跟着一起鼓掌。

"那……"这次伯爵亲自提问，"你们今天为什么要来这里？"

"伯爵大人的恩惠。"匹诺曹的鼻子伸出几寸。

"为了钱。"话毕，又伸出好几尺，有胳膊那么长了，台下的人哈哈大笑，有的还捂着肚子在地上打滚。

"跟我们打杂的无关，是老板要来刺杀伯爵大人的！"匹诺曹的鼻子瞬间收了回去。

台下突然变得安静。

匹诺曹跑到台后，打开了几个关着狮子的笼子。

庄园乱作一团。

4

"老头子呀，幸亏我学会了如何控制鼻子。"匹诺曹坐在老木匠的坟前，手里攥着一瓶伏特加，"你给我造这个鼻子的时候，不就是怕我长大后会变得不真诚吗？"

"可是，"匹诺曹晃了晃酒瓶，一口灌下，"如果我一直不会说谎的话，还怎么能成为大人呢？"

匹诺曹   05:45

图书在版编目（CIP）数据

今晚有糖吃吗 / 温酒等著 . 武汉：长江文艺出版社，
2018.9

ISBN 978-7-5702-0548-6

I. ①今… II. ①温… III. ①短篇小说 – 小说集 – 中国 – 当代 IV. ① I247.7

中国版本图书馆 CIP 数据核字 (2018) 第 160106 号

今晚有糖吃吗

温酒 等著

选题产品策划生产机构 | 北京长江新世纪文化传媒有限公司
出　品 | 脑洞故事板　　　　　　　　　　　　　　　出品人 | 尹　健
总 策 划 | 金丽红　黎　波　安波舜
策划编辑 | 孙　岩
责任编辑 | 张　维　　　装帧设计 | 易珂琳　刘　洋　　媒体运营 | 刘　峥
助理编辑 | 白进荣　　　内文制作 | 张景莹　　　　　责任印制 | 张志杰　王会利
法律顾问 | 张艳萍　　　版权代理 | 何　红
总 发 行 | 北京长江新世纪文化传媒有限公司
电　话 | 010-58678881　　　　　　　　传　真 | 010-58677346
地　址 | 北京市朝阳区曙光西里甲 6 号时间国际大厦 A 座 1905 室　　邮　编 | 100028

出　版 | 长江出版传媒　长江文艺出版社
地　址 | 湖北省武汉市雄楚大街 268 号湖北出版文化城 B 座 9-11 楼　　邮　编 | 430070
印　刷 | 大厂回族自治县彩虹印刷有限公司
开　本 | 880 毫米 ×1230 毫米　1/32　　　　印　张 | 6.25
版　次 | 2018 年 9 月第 1 版　　　　　　　　印　次 | 2018 年 9 月第 1 次印刷
字　数 | 130 千字
定　价 | 38.00 元